14歲，明日的課表

14歲、明日の時間割

鈴木露莉佳

【給台灣讀者的作者序】

給十四歲的你……

「那段時光最棒了。」

大人有時會語帶感懷及眷戀的說。

甚至會這麼說：「真想回到那時候。」

回到「十四歲那段時光」！

真的是這樣嗎？只是因為時間的魔法，感覺逝去的季節特別美麗了，不是嗎？

十四歲，真的是美麗的季節嗎？

日本有「中二病」一詞，也就是揶揄國中二年級，正值十四歲青春期孩子那種自我意識膨脹、刻意凸顯自我又自卑的心理狀態。彰顯自我存在感、非常在意別人的眼光、覺得自己凡事不如別人，卻又渴望自己是個特別的存在。自我彰顯慾望與自卑感交錯的結果，就是不時說些偏執言論，還自以為這麼做很酷；憧憬大人的同時，也反抗大人，每天過著心情陰晴不定、猶疑滿腹的日子。

不過，這是一條任誰都曾走過的路。

這本小說是我十四歲那年的親筆創作。那時的我明明很討厭超遜的人事物，結果發現自己也是一樣遜到不行，因此陷入自我嫌惡的泥沼，感受到火辣辣的痛。

沒錯，這種痛就是十四歲的感覺。

但是過了十四歲的現在，卻有點懷念稍早之前的那段日子；真心想著，那時的一切如此美好，那是屬於我的十四歲，每個人都有一段這樣的季節。

當我聽到《14歲，明日的課表》將在親愛的台灣出版，雀躍不已的同時，也擔心因為學校制度、生活、異國文化的差異，讀者能夠接受嗎？畢竟文中會出現日本很久以前的偶像名字，也有幾處地方很難傳達吧。

然而，無論哪個國家、無論是誰，多少都嘗過十四歲這個季節的痛。所以這本書是寫給現在十四歲的人、曾經十四歲的人，以及今後將迎接十四歲到來的人，所以不只你哦！哪怕是因為微不足道的小事煩惱、遭遇挫折、情緒低落、暴露自己不堪的模樣，其實並非只有你會這樣喔！我就是抱著這樣的心情來寫這部作品。

記得我曾請教引領我進入閱讀世界的圖書館館員：「妳認為好看的小說擁有什麼樣貌呢？」她微偏著頭，開口說：「這只是我的看法啦！當閱讀時，感覺到書中人物好像真的存在於世界某處；閱讀完後，即便闔上書，還是感受得到這故事一直在持續著。」

那時她的這番話，成為我現在創作的動機。

這本小說的登場人物，現在也在日本的某處過著屬於他們的十四歲，今後也將各自邁向不同的人生道路。若能讓讀者們有此感受，就是身為作者的我無上榮幸。

希望能將這份心意，越過大海，傳達給閱讀本書的每個人。

鈴木露莉佳

【譯者專文推薦】

青春，就是一張況味十足的人生功課表

你還記得十四歲的自己是什麼模樣嗎？你還記得十四歲的自己走過什麼樣的青春嗎？也許是用日記寫下各種甜美、苦澀的回憶，也許是用一張張相片紀錄青春的詩篇。

從小喜愛閱讀、寫作，被譽為「奇蹟的國中生」日本文壇新星鈴木露莉佳，用文字書寫青春、剖析人生。《14歲，明天的課表》是以課表為架構而創作的短篇小說集，也是她送給自己的十五歲生日禮物。

以「課表」作為體例的書寫方式，就已經夠新穎、饒富趣味，加上洗練不失優美，生動又幽默的文風，實在很難相信如此底蘊豐厚的小說，竟是出自鎮日埋首課業的國中生之手。好吧，或許你會說：「不就是小屁孩寫的青春故事嘛！」沒錯，的確是毛頭孩子寫的青春故事。但可怕的是，透過她的文字卻讓人時而露出會心一笑，時而鼻酸、眼

眶泛淚，彷彿坐了一趟時光機，回到不敢掐指數到底是幾年前，那段早已淡忘的韶華歲月。原來不管相隔幾個世代，青春時代經歷的喜樂、煩惱與痛楚是一樣的，那是一種撼動靈魂深處的共鳴。

最讓我深感共鳴的是第三節課〈數學〉。原因無他，男主角小修面對數學成績的痛苦心境，我完全對號入座，不只一次嘆服作者為何能將煎熬滿滿的心情寫得如此幽默有趣；讓我重溫閱讀比爾．布萊森、村上春樹的遊記時，那種嘴角頻頻上揚的快感。記得某天外甥看著慘不忍睹的數學考卷，沮喪又氣惱地問我：「可惡，幹嘛要學數學啊！討厭死了！」好問題，永遠搞不清楚三角函數到底是啥的我，也曾這麼咒罵；而且和小修一樣，不只一次希望數學考卷滿分是十分，而不是一百分。身為過來人的我只好拍拍外甥的肩膀，安慰他：「我也超討厭數學。不過啊，以後可能有很多事情比數學更討厭，所以數學絕對不是最討厭的啦！」雖然這番安慰之詞無法解決他的燃眉之急，但相信有那麼一天，他會覺得此話不假。

有些事情再怎麼煩厭、再怎麼不情願，終究還是得面對，畢竟人生不可能盡挑好路走。或許我們期待的不是別人告訴我們該怎麼做，或是乾脆不要做，而是一句有同理心的話語，讓我們看見迷惘、徬徨的漫漫長路上，有那麼一扇小窗能讓自己稍微透透氣。

這本小說還有個絕妙之處，那就是看似獨立的篇章，其實用了幾個人物貫穿其中，形塑一氣呵成感。代表人物之一，就是有如冬日暖陽，每個人在成長路上都渴望遇見的中原同學（這角色的魅力散見於各篇，有待讀者諸君細細吟味）；再來就是出現在第一節課〈國語〉與最後一篇〈放學後〉的班導矢崎老師；這個角色的有趣程度絕對不亞於書裡出現的任何一位學生。怎麼說呢？滿腹經綸、道貌岸然的外表下，有著無敵少女心、輕小說魂，自我感覺良好的程度更是令人嘖嘖稱奇。但故事不看到最後，不會了解到作者的巧思。那段描寫矢崎老師的創作動機，沮喪不已的他再次打開筆記本，手握鉛筆，準備寫下隔了幾十年之久的手寫小說……感動，只有這詞能形容我當時的心情。

試想，你曾為一件事全力以赴嗎？要成就一件事很難，要放棄一件事卻很簡單；我們總是給自己找很多決定放棄的藉口，卻吝於給自己一股拚命往前衝的傻勁。矢崎老師確實有時白目得叫人傻眼，但想成為小說家的堅定意志卻讓人佩服。作者將這篇〈放學後〉放在最後一篇，堪稱高招；矢崎老師的內心獨白不僅前後呼應，更讓人闔上書後，有著餘韻深沈的感受。

〈體育〉這篇是日本讀者最愛的一篇，也是讓我的心情像在洗三溫暖的一篇。前半段不時出現讓人莞爾的情節，後半段卻叫人感傷得忍不住落淚。女主角星野茜非常痛恨體育課，巴不得體育課從這世上消失，所以每次上體育課對她來說，無疑是一種凌遲。但為了祖父，跑得比烏龜還慢的她，決定用「馬拉松」為病重的祖父祈願。作者將「馬拉松」這項運動巧妙連結到「死亡」這個重要的人生課題，叩問「活著」這件既寫實又抽象的事。

人生猶如馬拉松，撐過那段最痛苦的時刻，突破Dead Zone，就能感受到舒爽的風。雖然人生不盡然美好，但老天爺還是公平的，每個人都必須面對生死課題，每個人都擁有青春時光，就算年少歲月走得顛簸坎坷，也有化為人生養分的一刻。

我想起日本思想家、政治家船越與三郎，為青春下的註腳——

青春不只是繁花正盛的人生時節，

也是做好準備，迎來秋收的季節。

當然，除了上述提到的幾堂課之外，像是描述正值青春期的男生如何面對家變，和親密陌生人相處的第四節課〈道德〉；飄著淡淡哀愁，少女情懷總是詩的第二節課〈家政〉，以及驗證歹竹也會出好筍，描寫爆笑親子關係的第一節課〈國語〉等，都是令人眼睛一亮的有趣之作。

期待這顆文壇新星以敏銳的觀察力，流暢明快的文風，帶來更多精采之作。

楊明綺

【推薦序】

小時候常常會冒出一些莫名其妙的有趣的話。例如：某年冬天晚上，一家四口睡在和室裡，我突然緊緊黏著母親不放，同時呼叫妹妹加入。

「擠死人啦！」母親埋怨著。

「擠一擠才能擠出幸福來。」母親背上的小猴兒嘻皮笑臉。

鈴木露莉佳讓我想到這樣的自己。

看到「天才少女作家」的頭銜，其實有點害怕，怕滿目矯作文藝腔、憂國憂民憂天地；像在鋼琴比賽的後台看見綁著辮子的她們，準備著蕭邦、李斯特。

《14歲，明日的課表》讓人鬆了口氣，幸好，她「不討人厭」；而我喜歡不討人厭的女生勝過討人喜愛的女生。放鬆吐氣後，生活點滴就隨著文字吸納進身體裡了。

鈴木露莉佳特出的天賦有二：第一，她不是通靈少女，擁有奇珍異果般的經驗；但她懂收留，被我們丟在一旁的小事被她端出時，不禁讓人驚呼「對吔，就是這樣。」

第二，她看似筆隨心至地漫談，其實樂趣很緊緻，不會得意洋洋地在一個點上捨不得走開，待到彈簧都垮掉。

兩者比起來，我更羨慕後者，它是文章的膠原蛋白魔法。我的鋼琴老師曾說過：「掌握彈性速度，重點在其他地方不沒道理的漸快或漸慢。」好個不漸快也不漸慢！

作家．陳柏煜

【推薦序】

中學三年大概是我人生回想起來，始終想不出有什麼太多回憶的時期。每天一早就騎著腳踏車到學校，上了好幾堂課後還要參加放學後的補習。

少數的期待，大概就是課堂中傳閱的郵購單，以及放學後補習前，和同學一起想著吃著什麼的時間。

還有週日和同學約在鎮上幾間的連鎖書店，逛逛最新的文具，那時候有個性的同學都會擁有凱西的文具，凱西總會說出我們的心裡話。

這幾篇短篇小說，一翻閱起來就停不了地想要一直讀下去。好想認識中原同學喔！

人生總是有著就算自己想努力也努力不來的事情啊！

沒辦法，但也是有只有我才有辦法做的事吧！

原來中學三年的我不是空白的，也是長成現在的我的美好過去。

旅人之森生活旅行案內所．Joying Chang

Content

第一節課

國語

看之前就跳

「跳之前先看一下。」

如果有人對我這麼說的話，我大概就不會跳吧。

還是會跳呢？前方有什麼事在等著我呢？

完全不知道。

那時我還沒放學回家，所以接到這通電話的是母親。

「下午六點左右，接到秀文社的片瀨小姐打來的電話，她說：『明日香，很不錯吔！臉面有光*哦！』。」

晚餐時，母親告訴我這件事。

幾個月前，我參加出版社主辦的小說獎，拿到了特別獎。因為是有史以來最年輕的得獎者，還在鄉下地方掀起不小騷動；不但當地報紙大篇幅報導，我還受邀上了地方電視台和廣播電台，連東京的報社也來採訪我。後來，主辦比賽的出版社問我願不願意創作第二篇作品，所以前幾天交了一篇短篇小說，提交出去後，總算鬆了一口氣。

「你們是通電話，又沒見面，怎麼知道妳臉上油油亮亮的？」

一旁聽聞這件事的父親偏著頭，一臉不解地問。

「蛤？」

我和母親異口同聲驚呼。

父親一臉納悶，原來他以為片瀨小姐是在說我的長相。

「呃……爸，你沒聽過『臉面有光』這說法嗎？」

「沒啊！」

父親偏著頭，回道。

「就是一切都很順利的意思。」

＊注：日文原文是指，讀書及工作都很順利，大有可為、前途無量的意思。

「欸？是喔，我還是頭一次聽到。」

「呃……爸，你應該不是歸國子女，也沒在國外住過吧？一出生就都在日本，沒錯吧？」

我語帶諷刺地問。

「拜託！老爸我的英文很差啦！」

父親難為情地說。

看來他誤以為我在誇他。話說，怎麼會變成如此雞同鴨講呢？家、家父還真是自我感覺良好啊！

武者小路實篤*有一部中篇小說《過於天真的人》*，讓我不禁感嘆：**武者小路先生，《過於天真的人》就在我家啊！**

想也知道，出版社的人怎麼可能特地打電話來批評我滿面油光呢？這不是很奇怪嗎？況且我的臉一點也不油。

只見母親搖了搖頭，露出「真是夠了」的表情。

父親幾乎不看書，除了國語課本裡面的小說之外，從不看小說。雖然不是那種大字不識幾個的人，卻也不是愛書人。總之，認為小說不是人生必需品的他，過得倒也清爽就是了。

無奈現實中，他不時暴露自己的國文知識有多麼貧乏，還會誤用詞彙。

記得那是我上幼稚園時的事。

那年夏天，我們一家三口從市立游泳池回家時，遇到幼稚園同學真由的媽媽。

「去游泳啊！真好，我也想去呢！真是羨慕明日香的媽媽好瘦喔。哪像我這樣，根本不敢穿泳裝。」

＊注：日本小說家、詩人、劇作家，愛稱「武者」，為白樺派的代表作家之一。
＊注：《世間知らず》。

「不必在意這種事啦！很多比妳胖的人都來游泳，所以真的不必在意啦！」

面對邊撫著腰際贅肉，邊這麼說的真由的媽媽，父親扯著嗓門如此說。

他純粹想鼓勵對方，說的也是事實，所以一點也不覺得自己失言；但真由的媽媽瞬間臉色驟變，我還記得母親忙著打圓場，當下氣氛很尷尬。

我們在外婆家吃著她老人家親手做的晚餐時，也發生了類似的事。

「良幸，如何？飯菜還合你胃口嗎？」

「沒問題，還能吃。」

父親笑著回應。

後來母親很不高興地數落他。

「哪有人回說：『沒問題，還能吃』啊！媽媽端出來的又不是亞馬遜雨林的怪東西。」

稍早之前，參加親戚的法事時也是。中午用餐時……

「哇！好豐盛喔。這麼多吃得完嗎？我很晚才吃早餐呢！」

嬸嬸打開松花堂便當的蓋子，說道。

「放心啦！這種便當啊，只是看起來很豐盛、豪華，其實分量根本沒多少啦。」

坐在嬸嬸對面的父親居然不顧喪家就坐在旁邊，便大聲嚷嚷。我看到喪主的臉頓時扭曲。

但父親肯定會說自己又沒惡意吧。既然沒惡意，就沒什麼好道歉的，所以「**沒問題**」似乎成了父親的口頭禪。

關於這一點，母親曾說：「被根本就很有問題的傢伙說：『沒問題』，一點說服力也沒有。」

因為本人並不覺得自己失言，所以就算這種事情一再發生，也不見改善，因此母親和我只好一直替他收拾善後。

「為什麼我們要跟在後頭，撿你亂丟的垃圾啊！」

總之，父親總是惹惱刀子嘴、豆腐心的母親。

「真是的！乾脆在爸的脖子上掛個『請不要和這個人說話』的牌子算了。」

「這麼做沒用啦！應該讓他戴上『沈默的羔羊』*裡頭，漢尼拔醫師戴的那個金屬面罩，徹底封住他的嘴。」

母親是個西洋電影迷。

總之，每件窘事都拜父親不愛看書，語文能力欠佳、缺乏想像力之賜。

「真想以他為例，告誡孩子們要是不看書，就會變成這副愚夫德行。」

母親感慨不已。

父親當然沒看過我寫的小說，而且絲毫沒有想看的念頭，這讓周遭人頗傻眼，居然沒看過女兒寫的東西。

「要不要我念給你聽啊？」

「不用啦！我聽五秒就會睡著。就像『發條橘子』*的男主角一樣，穿著患者服被綁在椅子上，用迴紋針固定撐開的眼皮，還要不時點演眼藥水濕潤眼球，被迫觀看影片。妳老爸我也得用這種方式才會看書，不，就算是這樣也不會看吧。」

對於我的提議，父親神情痛苦地搖頭。雖然我沒看過這部未滿十八歲不能觀看的電影，但好像聽過有這麼一幕。

我拿到小說獎之後，最常被問到的問題就是，父母也是愛書人嗎？也喜歡

---

*注：「The Silence of the Lambs」，一九九一年上映的美國驚悚片。

*注：「A Clockwork Orange」，是美國導演史丹利．庫柏力克所執導的電影，根據一九六二年安東尼．伯吉斯的同名小說所改編，相當引人爭議，也獲譽為電影史上最重要的電影之一。

創作嗎？事實證明，這種事完全與遺傳無關。

雖然母親多少會看書，但比起小說，她更喜歡電影，所以頂多就是看電影原著小說。

個性率直的父親學到「臉面有光」這個新詞彙後，彷彿三歲孩子學會認字般到處炫耀，總是掛在嘴邊。無奈還是用得牛頭不對馬嘴，讓人臉上三條線。好比「那間麵包店以前也是臉面有光，現在生意比較差」（可能是想說生意興旺）；不然就是「巨人隊最近臉面無光啊」（可能是想說表現不佳）。再者，「臉面有光」的相反詞並非「臉面無光」。

每次看父親這樣子，就會深深覺得國語文能力真的好重要，只能說他是負面教材。

我寫小說一事，學校就不用說了，附近鄰居也知道。不知為何，從此我就被認定是很特別的孩子。就算講了有點奇怪的話、做奇怪的事，別人都會先入為主的認為：**這也難怪啦！果然是會寫小說的孩子。**

好比前陣子學校制服換季。因為快要遲到，急忙奔出家門的我還穿著冬季制服，結果全校只有我一個人特別突兀，當時真的很緊張。

沒想到周遭人卻說：「因為她會寫小說，所以個性有點古怪吧。」還有人說：「也許是她對於學校體制的一種反抗，展現反骨精神吧。」

我真的沒那麼鷹派，純粹只是忘了。

不過，別人對我的這種主觀評價，倒是有助於減輕我的心理壓力，可說是出乎意料的副產品。

當然，這也是拜讓世人普遍認為作家就是怪人、予人特立獨行印象的偉大先賢們之賜。再者，漫畫、電影裡頭描繪的作家幾乎都是怪胎，怎麼看都不是正經的人；雖然多少有些誇張，卻也不全然是虛構，畢竟這種人還真不少。

這起制服換季風波，讓我一整天都很難為情。回家後，立刻怪罪母親，因為她目送我出門時，也沒察覺。

「至少妳是穿著制服去學校，妳老媽我小時候還穿著睡衣上學呢！」

結果得到這個令人傻眼的回答。

反正不管跟母親說什麼，她都是這種反應。

某天，明明住在鄉下地方卻很怕蟲子的我，因為一隻飛進房間的蟲子而嚇得驚聲尖叫。

「幹嘛怕成這樣？蟲子到底有什麼好怕啊？牠們才要害怕吧。把人類抓住、吃掉的巨人會覺得人類很可怕嗎？怎麼可能！外婆家的庭院有棵無花果樹，一到夏天就會結果實，成熟的無花果上爬著小螞蟻，牠們會從果實尖端的小小洞口不停進出，我可是一口吃掉果實呢！連同小螞蟻一起咬碎。對小螞蟻來說，我才是一大威脅吧。還有啊，我國中、高中都是騎腳踏車上下學。外婆家那裡也是鄉下地方，每次騎腳踏車時，常有蟲子跑進嘴裡，懶得吐出來的我乾脆吞下去。所以對牠們來說，我才可怕吧。到後來，我甚至可以吃掉像金龜子這麼大的蟲子。」

母親走進來這麼說道。

「不會吧？沒、沒事嗎？」

「妳老媽我現在還站在這裡，表示健康得很，沒怎麼樣啊！其實當時我有一種想拿自己的身體當實驗品的想法，好奇人類到底能吃多少隻蟲子都沒事，想像自己是《華岡青洲之妻》＊，把自己的身體當作實驗品。結果一點事都沒有，所以蟲子一點都不可怕，可怕的是人類。」

我想說的不是這樣。我真的很怕蟲子，絕對不是找藉口，所以母親的克服方法對我來說，完全沒效。

＊注：《華岡青洲の妻》一九六七年的日本電影，改編有吉佐和子的同名小說，電影中主角以身試藥，並完成了世界首例全身麻醉手術。

學校曾經出過這樣的作業——詢問家人自己剛出生時的事。

「我想起來了。妳出生之後，我的肚皮就變得鬆垮垮的。我一看，馬上想到電影『沈默的羔羊』裡頭那個綽號叫野牛比爾的連續殺人魔，誘拐了胖女孩後，讓她餓個三天，等女孩身上的皮變得鬆鬆垮垮，再殺掉她，剝下皮來做衣服。沒想到還真是這樣呢！原來突然變瘦，皮會變得鬆垮，可見皮膚的收縮力還真強啊！」

我問了母親後，她一臉認真地回想說道。

「不過，我的皮可能不夠做衣服吧。因為只有肚子那一圈啊，頂多只能做個肚圍囉。」

用鬆垮的肚皮做肚圍，有何意義可言嗎？

不對，這不是重點。學校之所以出這個作業，是希望我們寫些像是「謝謝你來當我的孩子」、「第一次抱著孩子時的感動」、「歷經難產，無可替代的小生命」之類的事吧。絕對不是什麼從『沈默的羔羊』聯想到肚子的皮，更何況一般被問到孩子出生時印象最深刻的事，也不會先想到這個吧。

我當然不可能將母親說的事情寫成作業，只好自己捏造，不，是利用我的強項，創作一下交出去。

雖然我因為寫小說，成了別人眼中的怪胎，但我覺得自己在這個家是最不奇怪的人。雖說如此，因為父親在市公所工作，母親任職農協，所以看在世人眼裡，我家並不怪吧。

＊＊＊

就在我得獎後又過了幾個月，依然有零星的採訪安排時，班導矢崎老師突然要我下課去找他。

我是不是有什麼東西還沒交？我最先想到的是這件事。畢竟上禮拜剛結束的段考成績還算過得去，我只有國語就算沒複習，也能拿到不錯的分數。

實在想不出個所以然，所以有點納悶地前往教師辦公室。

矢崎老師應該三十幾歲吧，因為我沒特別在意這種事，所以不清楚。戴著銀框眼鏡的他有著為人師表的氣質，是那種猜他從事什麼職業，猜對機率應該高達百分之七十的男老師。他是個不會讓人討厭、也不會對他特別有好感、教學風格四平八穩的老師；但因為畢業於京都某知名國立大學，著實令人刮目相看。這麼一想，他看起來的確很聰明。

矢崎老師看到我，輕輕舉起手示意。

「去國語教具準備室那邊吧。」

老師起身說道，我走在他身後。

國語教具準備室堆放著如山高的紙箱，裡頭放著各年級的課本、輔助教材、資料等，正中央擺著一組桌椅。

老師叫我坐下來，自己坐在一旁的圓椅後。

「我看了唷！《文苑》。」

他帶著些許興奮口氣，這麼說。

《文苑》是刊載我得獎作品的文藝雜誌。

「謝謝。」

「哎呀，妳真的很厲害！真了不起啊！」

老師雙頰泛紅，因為他的膚色白皙，所以呈現桃子般的溫暖色調。

「是喔？」

「妳真的很厲害，作品也很有趣，再次恭喜妳。」

他伸出手，我花了幾秒的時間才意會到他是要和我握手。

「謝、謝謝。」

因為似乎沒有拒絕的選項，我笨拙地和老師握手，只是沒想到他的手勁好強，握得我的手有點痛。

老師鬆手後轉身背對我，將一個鼓鼓的紙袋放在桌上。

「其實我從十幾歲便立志當小說家，也一直在創作。」

「這樣啊。」

「是啊，其實我想成為作家。啊啊——真是的！我一直告訴自己不能說『其實』這個詞，因為像是在否定現在的自己，結果還是不小心脫口而出了。不過，我是真的想成為作家，一直想成為作家，非常、非常想。」

「嗯。」

「我一直都有投稿喔！從學生時代開始，已經二十年了。畢竟這種事啊，也是要看運氣。不過，我一定會成為作家的，我一直這麼確信。就是這個，裡頭裝著我到目前為止最有自信的作品，希望妳能代為轉交給出版社。」

「咦？什麼？」

「什麼新人文學獎的，根本不公平啦！第一關、第二關審查都是找些還不成氣候的作家、寫手，不然就是拿過同一獎項的人來當評審。也就是說，由這些人來審查可能會成為競爭對手之人的作品，要是從中發現很有才華的人，會怎麼樣呢？不就成了自己的敵人嗎？所以要是看到那種擁有獨特世界觀、風格新穎、清新的作品，他們便會出於嫉妒心故意刷掉。因為要是沒有留到最後一關，編輯根本沒機會看到。我的作品總是被這樣暗中作掉，與獎無緣。」

「咦？真的是這樣嗎？」

我一邊回應，一邊想著老師這樣豈不是在否定我的得獎作品。

「所以妳要是把這個直接拿給編輯，就會明白我說的意思。我就是被嫉妒擊潰，才會永遠無法出人頭地。」

老師自顧自地繼續說。

「可是這麼做有點……畢竟我還不是專業作家。」

「妳不是認識編輯嗎？」

「是沒錯啦。」

事實上，一旦得獎就會有一位編輯負責與得獎者接洽，給予創作方面各種建議，以及討論下一部作品的方向與內容等。

雖然出版社派了編輯片瀨小姐負責和我接洽，但我畢竟還是國中生，所以她希望採取「以學業為優先的藥師丸博子*方式」和我合作。這名稱是片瀨小姐取的，雖然不清楚她的年紀，但由這名稱不難想像她出生於哪個年代。

所以比起一般新人作家，我的創作步調比較徐緩。畢竟我沒什麼經濟壓力，所以沒必要把自己逼得那麼緊。

況且編輯通常一個人要負責十幾位作家，也沒辦法花太多時間在我這種小咖作者身上。加上現在無論是送原稿、寫感想、評語、修改等都是用電腦和手機搞定，所以我和片瀨小姐只在頒獎典禮、之後接受採訪時見過幾次面而已。

也就是說，我和審閱我的原稿的人還不是很熟。

「可是編輯很忙，就算幫忙轉交，也不保證他們會看喔。嗯……我想很難吧。」

「放心，真正優秀的編輯只要看一點點，馬上就能知道我的實力。因為這是出自為了創作而活的人之手，要是忽略這部作品，還不覺得是出版界一大損失的話，這位編輯肯定有問題。」

老師說這番話時的口氣格外強硬，明明他在課堂上絕對不會這樣。

「呃……好。那我幫忙轉交看看。」

被這股氣勢震懾的我，只好這麼回答。

老師微笑地將紙袋遞給我。好重，提把將手指頭都勒出了一道痕跡。

「轉交給編輯前，三木同學可以先看一下，再告訴我感想。」

＊注：藥師丸ひろ子，日本演員、歌手。十四歲出道，至今已將近三十年，依舊相當活躍，是演藝圈難能可貴的保守風格女星。

「喔，好。」

我就這樣提著沈甸甸的紙袋，一路走走停停，總算回到家。

吃過晚飯後，我窩在房間翻閱。

封面寫著「蒼月慧斗」，好像是老師的筆名。這名字怎麼唸呢？光看這筆名就有股不好的預感。從老師正經八百的氣質，擅自想像應該是那種純文學作品吧，沒想到居然是筆風輕快的愛情喜劇。

約莫十篇作品，有講述天使女孩與惡魔女孩，爭奪內向、平凡男大學生的故事；不然就是男主角和其實是鬼魂的女孩子展開奇妙的同居生活；或是男主角穿越時空回到戰國時代，邂逅長得很像自己心儀女孩的公主，兩人墜入情網的故事；還有自己憧憬的偶像某天從電視螢幕走出來，就這樣住在自己的房間等等。每一篇都給人像是東抓一點、西抓一點從哪裡看過的情節，拼湊而成的故事，而且女主角清一色都是「美到爆點的少女」，也都會愛上「沒有半點可取之處的拙男」。

莫非這是老師的妄想？不，應該是願望、描繪心中的理想吧。我感受到老師在創作時的快樂心情。

是吧、是吧！很奇特、很有趣吧？似乎感受得到他是抱持著這樣的心情在爬梳文字。

問題是，看的人卻一點也不覺得有趣。有一種不曉得要怎麼看下去的心情，好痛苦。

冷不防瞄了一眼放在桌上的立鏡。我的臉變得好可怕，還是第一次看到自己看小說時，露出眉頭深鎖、嘴角歪斜的表情。

明明是些愉悅的文字，卻一點也不有趣，比閱讀任何文章都來得痛苦。感覺小說裡的人物比紙娃娃還要乾癟、沒意思，空泛到不行。

這到底是怎麼回事？

我不由得雙手抱膝，想起老師在課堂上一貫冷靜的說話口氣。明明他講述太宰治和芥川龍之介時，詞彙是如此豐富，感覺他看過的書比我多太多，語文能力自然也遠勝於我。無論是那些被稱為經典名作的小說還是什麼的，他都能心領神會吧。

為何自己的創作卻變成這樣呢？並非好壞的問題，但感想就是：**怎麼會這樣呢？**閱讀時，腦中不斷浮現問號。

拿這樣的作品參加新人文學獎，連初審都沒通過也只能說是理所當然的結果，顯然不是老師說的什麼「**評審出於嫉妒，故意刷掉**」之類的理由。問題是，要直接跟老師這麼說，實在不好啟齒；況且他要是不以為然，把我的國語成績打了個低分就傷腦筋了。

真的很傷腦筋啊……不禁嘆氣的我，胸口沈澱著比裝著原稿的紙袋還要重的東西。

隔天午休，我在走廊上被矢崎老師叫住，因為他想趕快聽到我的感想。

「老師的創作能量真的很厲害，明明要忙學校的事，還能寫出那麼多東西，我感受到老師真的很喜歡創作。」

我完全沒觸及內容，卻也沒說謊。

「因為我是作家。」

老師一臉滿足地頷首，早早便宣示自己是作家。

「那麼，妳什麼時候要拿給編輯？」

「啊！呃，這個嘛……編輯說這個月月底會來找我討論一些事。」

「哦……是喔？」

這是真的。雖然我們都是用mail和電話聯絡，但片瀨小姐覺得比較重要的事，還是直接溝通比較妥當，所以她會特地從東京來找我。

「到時就麻煩妳了。」

「好的。」

果然不出所料，這麼做讓老師更加心存期待。三天後，我又被叫到國語教具準備室，他又拿了個鼓鼓的紙袋給我，感覺比上次的更重。

「之前的作品多是Happy Ending，這次我嘗試創作以悲戀為主題，畢竟無論哪個時代都需要能夠宣洩情緒的東西。」

沉重的紙袋讓我抱得氣喘吁吁，好不容易才回到家。

翻閱了一下內容，果然每一篇主角最後都一命嗚呼，不是患了不治之症，就是意外身亡，反正只要死了，就能以悲劇收場。

死亡的確是悲劇，也是一種浪漫。再也沒有比這方式更容易為故事劃上句點，可說是最強的一招，所以更不應該隨便使用。

但顯然老師寫的東西，就像攤開一條大包巾，要是不曉得怎麼摺妥收好，末了用「死」來處理就行了。這麼一比，之前看的輕佻愛情喜劇還比較有趣。

把這東西轉交給片瀨小姐，真的好嗎？

我苦惱不已。出版社的編輯都很忙，總是堆著很多沒空看的東西。整理原稿、校稿、刊載在報章雜誌上的書評，除了自己公司的東西之外，還要留意其他出版社的新書、自己負責的作家採訪報導等，每天都是忙到深夜才回家，甚至還得把原稿帶回家看。

像他們這樣還有時間看工作以外的原稿嗎？

也許拜託看看片瀨小姐會答應，但要是因為這樣影響到她的工作，造成公司的損失，將會是多大困擾呢？

其實無論是哪一家出版社都不受理託人轉交的原稿，所以才會設立新人獎。但就像矢崎老師說的，除非通過第一、第二關審查，不然根本沒機會讓編輯看到自己的作品。

說老師狡猾，還真的很狡猾。因為他跳過審查這一關，直接拜託別人轉交到編輯手上，還使用身為老師的特權指使學生。豈不是把自己的快樂建立在別人的痛苦上嗎？這麼想，就覺得很生氣。

不過，一想到老師那興奮到雙頰泛紅的臉，又有點不忍心。畢業於知名學府、講課時充滿知性的口吻、旺盛創作欲、單純的思考與行動，一切想來是那麼格格不入。

隔天，我又被叫去國語教具準備室，瞧見桌上堆疊著幾十本大學上課時用的筆記本。

每一本的封面上都寫著「文苑文學新人獎　趨勢與對策」、「群青文學新人獎　趨勢與對策」、「SUPIKA文學新人獎　趨勢與對策」等字眼，裡頭詳實記述這個獎的設立經緯、歷史，以及歷代得獎者、評審、分析得獎作品、容易脫穎而出的作品型態等，甚至連得獎作品的感想與評審講評、得獎者的年齡與性別、學經歷等資料都一一紀錄。然後，從這些資料來分析某個獎比較注重的是題材新穎，而非文學性，所以開頭一定要夠吸睛；不然就是某個獎青睞題材嚴肅一點的作品，因此以社會問題為題材最有利；或是這個獎比較重視話題性，所以呼應時代潮流，帶點流行元素的作品風格就對了。諸如此類，寫得密密麻麻。

果然是名校的高材生啊……我喃喃自語，令人瞠目結舌的分析能力。

但是透過這些資料淬鍊出來的作品就是那些嗎？真的就是那些嗎？當我這麼想時，「**為什麼**」這詞一直在我腦中打轉。

「如何？」

老師絲毫沒有察覺我的困惑，還一臉得意的看著我，問道。

「好、好厲害喔！怎麼說呢？真的很佩服。」

我只能這麼回答。

「三木同學，妳都是怎麼plot啊？」

「plot？什麼意思？」

「不會吧？妳連plot都不知道？虧妳還能得獎。」

老師沒有諷刺之意，而是真的很驚訝的樣子。

「就是構思情節啊！像是設定登場人物、故事如何開展、伏筆的張力、如何收線等，就像作品的設計圖。這道步驟最重要，做得越周全，這部作品就幾近完成了。」

老師似乎很傻眼，輕嘆一口氣，搖搖頭。

「是喔，原來是這意思。」

我從沒寫過這東西，都是坐在電腦前，將腦子裡浮現的情景化成文章。不過，大部分情形都是越寫越和當初發想的情節不一樣，所以對我來說，就算先構思好情節也沒用。

「怎麼可以這樣呢！不久就會遇到瓶頸喔！無論任何事情，基本功最重要，不管是蓋房子還是寫小說，最重要的就是打好基礎。」

不知為何，老師非常憤慨。

「對不起。」

我不由得開口道歉。

「也許第一、二篇寫得很順手，但這樣絕非長久之計，要是沒有做好基本功，總有一天會垮掉的。」

「是。」

或許老師說的沒錯，但總覺得他對我十分不以為然，口氣不屑。老師看著我，又微微搖頭。

＊＊＊

過了幾個禮拜，我和片瀨小姐約好碰面的日子到來。這天之前，我又完成了一篇短篇作品，並mail給她，當然是沒有先構思情結的。

一想到週日她還大老遠跑這一趟，就覺得很不好意思。但片瀨小姐在電話裡笑著告訴我，還有比我住更遠的作家，如果有需要還是得跑一趟，我算是住得比較近了。

我們約在隔壁城鎮的車站附近，也是這一帶唯一一家連鎖家庭餐廳碰面。我比約定的時間還早過去，準時現身的片瀨小姐一看到我，便露出開朗笑容。

因為片瀨小姐的五官相當深邃，容貌豔麗，所以表情稍微變化就會有放大效果。只見她搖著一頭飄逸長髮，大踏步地走向我。爽快、俐落、機敏，她就是這些形容詞的綜合體，給人聰明能幹、都會女強人的感覺。這樣的人竟然出現在鄉下閒適午後的家庭餐廳，著實不可思議，有一種無法融入這片背景的格格不入感。

「那篇作品很不錯喔！真的很有趣，感覺妳越來越會寫了。」

一入座就切入正題，還真符合片瀨小姐的作風。她從大托特包拿出校過的稿子，開始討論。

雖然她說很不錯，稿子卻是滿江紅，還貼了很多便利貼，但沒有大幅修改，我鬆了一口氣。

不過比起稿子，我更在意的是放在一旁兩個沉甸甸的紙袋，幸好母親開車送我過來。當我和片瀨小姐交談時，不時感受到一股壓力，因為裡頭裝著矢崎老師的傾力之作。

「大概就是這樣了。有什麼問題或是想再討論的地方嗎？」

我們大概談了一個半小時。就像片瀨小姐說的，還是當面溝通比較好，這麼做確實比較妥當。

「呃，有件事不是和我的作品有關……怎麼說呢……」

果然難以啟齒，我低著頭。

「嗯？怎麼了？是私事嗎？不要客氣，妳說說看，因為我是妳的責編。若是我能幫忙的事，一定幫忙。」

若是我能幫忙的事，一定幫忙。這句話讓我得到些許勇氣，便說出矢崎老師委託的事。

「原來如此。這種事情滿常有的，拜託別人代為轉交。不過基本上，我們公司禁止這麼做就是了。」

「這樣啊，我想也是啦！」

我垂著眼說。

「但他是明日香的班導，是吧？既然如此，我還是看一下比較好。不然要是因為這件事讓妳和老師交惡，影響學校生活，無法創作的話，也很傷腦筋。」

片瀨小姐這麼說的同時，已取出紙袋裡的原稿，火速翻閱了起來。

不曉得她是不是學過速讀，還是職業使然，閱讀速度異常快。伴隨著啪沙啪沙的翻頁聲，她迅速瀏覽著原稿，但眉間的皺紋卻愈來愈深，終於她趴在桌上。

「這是什麼啊？好難看！看得我好累喔！根本就是折磨人嘛！」

「總之，就是這麼回事。」

我苦笑著說。

「妳還提著兩袋過來，很重吧？」

片瀨小姐趴不到一分鐘，便抬頭說道。

「嗯，是啊。」

「妳可以告訴老師，編輯真的看過了。」

「呃，那個，不帶回去嗎？」

「不用了，已經看過了。知道是什麼樣的內容。」

「可是……這是老師努力創作出來的東西。」

「可惜這世界不是努力就能得到評價喔！沒有才華的人再怎麼努力寫也沒用，反而放輕鬆來寫才能寫出好作品。」

「可是，老師一直努力創作了二十年。」

「這不是重點。就算創作了二十年、三十年，那又怎樣？不是說出版就能出版，所以我不認同妳的說法。就算是專業作家也是如此，創作生涯超過三十年的知名作家的出道作不見得暢銷，但也有新人的處女作締造了百萬佳績。尤其小說在文學領域中，是最有可能青出於藍的一塊。好比半年前才剛入行的新人，絕對不可能贏過擁有五十年資歷的老工匠；但在小說的世界就有可能發生，所以這世界既可怕又有趣。當我們遇到絕佳才華時，就會充滿幹勁。」

片瀨小姐的眼裡棲宿著強烈光芒。

「我覺得妳很有潛力，這種直覺從沒失準過，這是我當編輯以來最引以為傲的事，所以我相信自己這方面的眼光。」

「那……矢崎老師呢？」

「就算我今天拒絕，他還是有別的路可走，因為他是個『很堅持的人』，所以一定有出路的。」

片瀨小姐輕嘆一口氣說道。我輕咬著唇。

「對了，不然這樣好了。」

片瀨小姐從包包裡掏出便條紙，用鋼筆寫道——

已拜讀過您的作品。就風格來說，我認為比起弊社，您的作品更適合光英書房。作者的創作風格與出版社是否契合，這一點很重要。弊社目前並不擅長操作您這類型的作品，光英書房較為擅長，因此個人覺得您的作品很適合他們的出版取向。建議您向他們毛遂自薦，或是參加他們舉辦的新人獎。

秀文社編輯　片瀨

「這、這是？」

「用建議的口氣來寫，比較不會給人推託的感覺，但我可沒有隨口胡謅喔！這樣就能解決這件事了。話說回來，明日香看過老師寫的東西嗎？」

「嗯，看過。」

「那以後就別再看了。因為看了寫得不好的劣等作品，多少會影響自己的創作，像是打亂自己的文風節奏之類的。之所以要看些優秀作品，就是這麼回事。」

「嗯，好。」

「啊，我也該走了。其實我還有個地方要去，想說既然都來到這裡，當然要去一趟小坂市的相川書店。」

她說的是，位於縣首府市中心的大型書店。

「我來結帳，妳可以多坐一會兒。那就請妳繼續創作喔，期待妳的稿子。」

片瀨小姐面帶笑容地說完，便和來時一樣大踏步離去，她就是帶給人幹練女強人的感覺。

柳橙汁已經被融化的冰塊稀釋了。我掏出手機打給母親，請她來接我。

「妳沒交給片瀨小姐嗎？」

看到我又提著兩個紙袋的母親一臉疑惑地問。

「嗯，是啊。不過沒關係，她已經看過了。」

沒關係才怪。是我太敏感了嗎？總覺得紙袋變得比來時更重。

這下子該如何是好？突然腦中靈光一閃：矢崎老師都是騎腳踏車通勤。

「媽，可以去一趟石井町嗎？」

我想起同班同學星野曾說：「矢崎老師住在石井町三丁目四角的某棟公寓。因為我有親戚住在那附近，上次去他們家玩時，偶然看到老師從公寓一樓的房間走出來。那天是星期天，看到他穿那麼蹩腳的便服，我還嚇一跳呢。」

我以前曾在那附近的書法教室上課，所以大概知道在哪裡。

果然馬上就找到老師住的那棟公寓——一棟二層樓的輕骨建材公寓。我請母親在車上等。

從一樓看過去，瞧見最裡面的門牌上寫著「矢崎薰」，一看就知道是老師的字，寫上全名也很有老師的作風。這是我第一次知道老師的全名，遠比蒼月慧斗更適合他的風格。

我走過去的時候，瞧見公寓旁邊停著老師的銀鼠色腳踏車，看來他應該在家的樣子，我猶豫著要不要按門鈴。

走道上擺著一台洗衣機。老師的確住在這裡，從這裡去學校授課，再回來窩在這公寓執筆創作。

我將紙袋輕輕地掛在門前，將信挾在門上的信箱。

＊　＊　＊

隔天去學校時，立刻在走廊上被矢崎老師叫住。

「謝謝，我看過編輯寫的信了。」

「嗯，是喔。」

我很擔心他會如何解讀片瀨小姐那封完全沒有觸及作品內容的信，看來是我杞人憂天了。

「的確就像她說的，選擇適合自己的出版社真的很重要，考試也是如此。

秀文社的文學這一塊比較弱，幾乎沒有拿到大獎的作家。我的作品的確不適合秀文社，所以我打算力拚光英書房的新人獎。」

老師露出燦爛笑容說完，轉身颯爽離去，那身穿白襯衫的背影看起來充滿自信與衝勁。

因為光英書房的新人文學獎截止日就在秋天，我想應該暫時不會再被老師叫去商量事情了吧。

沒想到好不容易鬆了一口氣，家政課伊藤老師卻叫住了我。

「聽說三木同學和矢崎老師在交往，是真的嗎？」

伊藤老師如此直白的質問，讓我差點昏倒。

似乎有這樣的謠言。畢竟老師最近常和我說話，我也頻頻被他叫到教職員辦公室、國語教具準備室，所以肯定有人這麼認為吧。

再者，有人目擊我從老師的住處走出來，八成是返還原稿那時吧。莫非被親戚住在附近的星野同學瞧見了嗎？不一定，應該是其他認識的人碰巧經過那附近吧。

看到我從公寓走出來？我的確登門造訪，但沒有進屋，況且母親還坐在車上等我，所以我只是將紙袋放在門口，馬上就回到車上。應該是這部分的事實被扭曲。

「大家都說，果然寫小說的人就是有點特立獨行。居然會和老師交往，真有一套啊！」

「我們沒有交往，是真的。」

與其說是交往，不如說是老師要我配合他的無理要求，有種被耍得團團轉的感覺，而且還耍了好幾個禮拜，不講理到叫人一肚子氣。

無奈這個謠言傳開了，要是被教務主任叫去問話，可就麻煩了。憂鬱的我不禁嘆氣。

鬱鬱寡歡的我走在回家路上，瞥見中原走在我前面不遠處。

中原和我念的是同一所小學，兩家也住得近，所以從小學就玩在一起。上了國中後，雖然沒那麼熱絡，但他算是和我比較熟稔的男孩子。

我很好奇男生他們也有聽聞這個謠言嗎？

「唷！」

我故意模仿體育社團那種帥氣開朗的招呼聲。

「唷！」

中原回頭，也很自然的打招呼，我們明明好幾個月沒講到話了。

「今天怎麼那麼早回家？不用去社團嗎？」我問。

「家裡有點事，所以得早點回去。」

「是喔。」

家裡有事……可能和他哥有關吧？在此就不提這件事了。

「對了，你有聽說什麼關於我的事或是謠言嗎？」

「喔喔，說妳和矢崎老師交往的事嗎？」

「不會吧？連你們男生也知道啦？」

「我是昨天才聽說的。」

「那完全是謠言啦！根本沒這回事，應該說根本不可能，真是夠了，饒了我吧！」

「是喔，不過我倒是挺喜歡矢崎老師呢！」

「那你要不要和他交往？」

「可以嗎？」

「真的假的？」

兩人大笑，中原從以前就是這樣。

「其實我很煩惱，因為謠言已經傳到其他老師耳裡，這下子不就鬧大了嗎？我才不想被教務主任叫去問話。」

「若是這樣的話，就說妳在和我交往，如何？」

「你在說什麼啊？啊啊！我知道了，少女漫畫、輕小說常有這樣的情節。兩個人因為某種原因，假裝交往，結果真的愛上彼此，從謊言發展出來的愛情。要是拿這種老哏去參加文學新人獎，肯定第一關就被刷下來。」

「我果然當不了作家啊！不過，要想消滅謠言的最好方法，就是製造新的謠言囉。就像要去掉原來的顏色，重新塗上同樣的顏色是最好的方法。要是不混合、不混濁一下，原本的顏色就出不來。」

「我可以筆記你說的這幾句話嗎？中原要不要試試當個作家啊？你好像比矢崎老師更有才華。」

「蛤？老師也寫小說嗎？所以你們真的在交往？」
「我剛剛不是說打死都不可能了嗎！」
我們又相視而笑。
「對了，妳真的要走作家這條路嗎？」
「這個嘛……我也不曉得。現在知道了很多事，反而有點困惑呢！總覺得自己好像闖進一個無法想像的世界，而且是闖進去以後才知道。大江健三郎*有一篇小說叫《看之前就跳》*，我現在就是這樣的感覺吧。明明什麼都不知道，就闖進那個世界。英文有句諺語『Look before you leap』（跳之前先看一下），我就是因為跳之前完全沒看，所以現在滿腦子問號，一想到就害怕。」
「這樣也沒什麼不好啊。要是跳之前先看一下，也許就不會跳了。跳也有所謂的時機吧。我覺得妳寫的東西很有趣，很期待妳的下一部作品，妳要是出

＊注：大江健三郎，日本當代著名存在主義作家，諾貝爾文學獎得主。
＊注：《見るまえに跳べ》

書了，我絕對會買。要寫闖進那個世界看到的東西喔！」

中原還是像以前一樣直接叫著我的名字。他說我寫的東西很有趣，還要我繼續創作。

覺得有點頭暈的我沈默半晌，才勉強回應：「嗯。」

那天晚上，我覺得與其等謠言傳到爸媽耳裡，不如我先告訴他們比較好。於是我邊吃晚餐，邊說出我與矢崎老師交往這起空穴來風的謠言。

爸媽聽了，竟然哈哈大笑。

現在不是笑的時候吧？不是應該有點擔心、憤怒嗎？

「因為實在太離譜、太可笑了。說妳跟那個老師，哈哈哈！」

母親拍著膝蓋，笑著說。

「『老師』是指森昌子*嗎？」

父親接著問。

「拜託，都多久以前的明星啦！這笑話誰聽得懂啊？」

馬上被母親吐槽。

幸好事情沒有往不好的方向發展，看來我家兩老的確有點奇怪。

我洗完澡，在自己的房間邊吹乾頭髮，邊回想中原所說的話時，母親走了進來。

「吹風機用完後可以借我一下嗎？放在洗臉台的那個壞掉了。」

「我用好了，差不多吹乾了。」

母親邊接過吹風機，邊偷瞄我。

「幹嘛？」我問。

「沒什麼，看妳好像心情很好的樣子。」

＊注：森昌子，日本七〇年代著名的偶像、演歌歌手、女演員，十四歲便推出首張單曲「老師（せんせい）」，翌年便於ＮＨＫ紅白歌合戰初登場。

「是喔？我今天和好久沒講話的中原聊天，突然想起他說的一些話。」

「哦……是喔。」

「幹嘛？妳想歪了，對不對？拜託，我們算是青梅竹馬吔。」

「是喔。不過我醜話先說前頭，妳可別相信男生說的話。男生也別相信女生說的話啦！大人不要相信小孩說的話，小孩也不要相信大人說的話；老師不要相信學生說的話，學生也不要相信老師說的話。能夠相信的人只有自己，這是遭到背叛也不會絕望的唯一方法。」

「什麼意思？媽，妳是殺手？KGB*？這說法好冷酷、太虛幻了吧。又是電影裡的台詞嗎？」

「這個嘛，妳說呢？」

母親一派意有所指的口吻，拿著吹風機走出去。

我站在窗邊，夜晚的冷空氣飄散一股甜膩香氣，是庭院裡的梔子花吧。

我有著總有一天會將這些事，還有今後每一天的事都寫下來的預感。題目什麼的都還沒決定，也沒有矢崎老師說的構思情節，但這預感卻成了確信，落在內心深處。

在暗夜綻放的白色梔子花，隱隱約約浮現著。

感受夜之深沈的我輕閉雙眼。

＊注：國家安全委員會，通稱「KGB」是前蘇聯的情報機構，在當時被認為是全球效率最高的情報收集機構。

第二節課

家政

天藍色圍巾

「家政課，是對人生最有用的一門課。」母親如此斷言。

「我到現在才知道家政課是最實用的學問。」母親說道。

聽說母親得知腹中懷的是女寶寶時，便如此祈願——**請讓她成為家事一把罩的孩子**。不是長得漂亮、頭好壯壯，而是家事一把罩的孩子。

也許老天爺聽進這個願望吧，我真的成了如母親所願的孩子。

母親為何如此看重家政課呢？因為她是個家事白癡。無論是廚藝還是裁縫，對於所有家政課要學習的範疇，與其說她不擅長，不如說已經到了幾近悲壯，打死都學不好的地步。還真好奇她一路走來究竟有多辛苦。

先說廚藝。**為什麼能做出那麼難吃的菜？**難吃到很想這麼問她。

就算看過再多本食譜，她做出來的東西無論是外觀還是味道，都和書上寫的差了十萬八千里。不是辣的離譜，就是甜的可怕，口感很噁心；不是沒煮熟，就是賣相很差；不是煮太爛，就是吃起來還是很硬。

她努力想要精進廚藝，婚前還去料理教室上課。問題是上課時都會做，回到家要如法炮製時，又不可思議地無法重現。

「因為是一群人一起做嘛！大家都很主動幫忙弄好，所以一回神才發現自己只是在試吃成品。」

所以學不會是有道理的。

母親因此不再去料理教室上課，決定自學。她買了食譜，還報名函授教育*的料理課程，除了每個月的教科書之外，還收到一整套調味料和廚具。

真的是基本中的基本。總之，就是從所謂料理入門的系列開始，還標榜「超簡單」、「初學者」、「任誰都會做」，也有以開始獨居生活的男性、小學生為對象編寫的食譜。

雖然如此，可是……

*注：函授教育，是指透過郵寄的方式將書面或錄製的教材寄給學習者，學習者再將書面或錄製之練習寄回給教師批閱，以了解其進步情形。

「什麼『超簡單』、『五分鐘可以做好』，全是騙人的啦！我要控告廣告不實。」

母親挑戰「任誰都能十五分鐘就做出來的超簡單料理」中的青椒炒肉絲。書上寫切得薄薄的肉、煮熟的筍子、青椒絲、大蒜、薑絲等食材，基本上，她光是備料就花了三十分鐘。

「什麼叫『任誰都會』，根本是唬人。這句話之前應該加上『只要是手夠巧、廚藝嫻熟、有料理天分的人』才對吧。」

母親憤慨不已抱怨道。

母親真的沒有一雙巧手，光是備料、處理食材就手忙腳亂。準備餐盤、廚具亦然，只能說她天生手拙，又沒天分。好比調味這件事，像是加調味料的時機、分量、火候大小、加熱時間等，該怎麼做、如何判斷，她完全沒有這方面的直覺與能耐。結果就是搞出黏糊糊、稀巴爛的可怕東西。

我上幼稚園時，學校舉辦親子遠足，看到其他孩子的便當，十分驚訝。

「大家的便當看起來都好好吃喔！為什麼？難道他們的媽媽都當過廚師或是在賣吃的嗎？」

其實他們的便當也沒多豪華、精緻，就是炸雞塊、玉子燒之類的家常菜，而是我的便當菜實在慘不忍睹。

結果，我家的餐桌幾乎都是家常菜店賣的小菜，不但比較好吃，也不會有剩菜，父親很開心。

與其勉強吃母親做的菜，搞得用餐氣氛很糟，不如享受專業人士做的美味現成菜，大家吃得快樂，這樣就好了。俗話說享受美食，有益身心嘛。

對母親來說，縫紉比做菜一事更傷腦筋。

現在不像以前那樣，為了省錢會自己縫製衣服，買成衣還比較便宜。縫製衣服成了一種興趣，或是專業技能，所以就算不會裁縫也沒那麼傷腦筋。但孩子還小的時候可就不是這麼回事，只能說，是個出乎意料的陷阱。

「幼稚園根本就是手作主義至上的裁縫地獄。」

我上幼稚園後，母親如此說道。

她挑選幼稚園的要點，就是供餐。什麼環境、班級人數、教育方針等，完全沒在注意。因為幼稚園有供餐，這讓不用做便當的母親著實鬆了一口氣。

但是她一看到入園說明會上發的資料，剎時怔住。說明單上寫著請家長親手縫製用來裝運動服的袋子、圍裙、午餐餐墊、裝杯子的袋子、手提袋、裝室內便鞋的袋子等。

一點都不誇張，只見母親拿著紙張的手抖個不停。對了，說明單上還有一排字——**充滿母愛的手作品最棒了**。

就算有愛，但天生手拙、裁縫白癡的母親頓時不知所措；相反的，也有那種手藝精巧，卻對孩子漠不關心的母親，不是嗎？為什麼要用手作來衡量母愛呢？這能成為指標嗎？雖然我有很多看法想傾訴，但就現實面來說，現在在這裡說這些也沒用。

母親能依賴的就是娘家。於是她向自己的母親哭訴，尋求援助。

其實這種事也不是現在才發生，從小學高年級到高中一直都是這樣。家政課的作業都是外婆代勞，幸好外婆手巧，輕輕鬆鬆就幫女兒解決苦惱，可惜母親完全沒遺傳到。

外婆絲毫不覺得這麼做，對女兒的將來並不好。她總覺得裁縫和廚藝這種事，大家都是長大後自然就會了。只能說，外婆失算了，母親完全不是她想的那麼回事，就這樣成了家事白癡。

「反正結婚後當了媽媽，就算不喜歡也得做，到時自然就會了。」

即便如此，外婆還是這麼想。

無奈母親徹底背叛了外婆的期待。

「沒想到女兒都當媽了，還要我幫忙做這種事，真是跟國中時一個樣啊！」

當母親將幼稚園要求家長準備的大量手作品清單拿給外婆看時，感嘆不已的外婆還是想辦法幫忙打理好。

我進了幼稚園後，麻煩事依舊不斷。

每一間幼稚園都會舉辦義賣活動，我念的幼稚園當然也不例外。

「只要拿家裡不用的東西就行了。」

如此小看這活動的母親一拿到園方發的通知單，又傻眼了。因為傳單上頭寫著──**家裡不用的東西至少一樣、誠心親手製作的東西至少一樣**。

還特別強調親手製作，而且還要有誠心。不過，沒具體點出「誰」要這麼做就是了。

可想而知，母親又誠心誠意地請外婆求援。無奈外婆的眼睛前陣子才動過手術，醫師叮囑不能用眼過度，也是沒辦法的事。

母親只好拜託擁有一雙巧手的朋友。她是母親就讀短大時結識的朋友，手真的很巧，常做些縮口小提包、午餐餐墊送我們，作品還擺在認識的店家託售，手藝媲美專業級。母親將這件事告訴她，她爽快答應幫忙。

不久便收到裝杯子的袋子，果然出自專業人士之手，做得非常細緻，不但表裡使用不同花色的布，還做出厚度。仔細一瞧，內側還綴著蕾絲，橘色的康乃馨刺繡，花瓣層層展開，還有漸層效果。

好漂亮，不，簡直美呆了。

母親將杯子放進袋子時，手還抖個不停，直說要是做得稍微醜一點就好了。真是的！這麼說對專業人士很失禮吧。看來也只能拿這個交差了。

幾天後，園長打電話到我家。

「做的真是太好了，太感動了。可說是這幾年最出色的作品，我還是第一次看到這麼細緻的繡工呢，絕對有職業水準。我們幼稚園有針對家長開設幾個活動課程喔！參加活動的有園生的媽媽，也有畢業生的媽媽。由擅長鋼琴、繪畫等才藝的媽媽擔任講師，教導大家這方面的才藝。每個課程都很受好評，馬上額滿呢！如果伊藤太太有意願的話，是否可以開個刺繡課呢？您的手藝實在太好了，還請務必開班授課。」

母親聞言，差點昏倒。

「哪裡、哪裡，我沒您說的那麼好。」

「您太客氣了。」

「真的沒有。」

經過一番無意義的爭辯後，總算成功婉拒。母親早已全身冷汗頻冒，活像瀑布。

隔年年中時，記取前次教訓，想說弄個不用太好的東西來交差的母親，去別間幼稚園辦的義賣活動買手作品，蠻不在乎的交差。

這麼做，真的沒問題嗎？身為女兒的我擔心不已。要是那間幼稚園的工作人員，或是做這東西的人來我們幼稚園舉辦的義賣活動，怎麼辦？

母親說她為了以防萬一，特地跑去很遠的幼稚園買，所以一定沒問題。於是母親特地遠征隔壁縣市，買了要交差的手作品。

「為了買這東西，花了一天的時間，真是累死我了。」

母親一副像是完成一件大工程似的口氣說道。為何這股勁沒用在創作方面呢？

母親真的很不擅長、討厭裁縫這檔事。好不容易弄到的這個手作品，雖然稱不上作工精緻，也不至於太糟，就是個感受得到素人努力做出來的手提袋。

第二年在陌生人的協助下，順利過關，其實根本就是自己買來的。

等我稍微大一點的時候，母親重返職場，所以沒時間像去年一樣大老遠跑去其他縣市的幼稚園辦的義賣活動，買個用來交差的手作品。

拿別人做的東西假裝是自己做的來交差，似乎讓她有點良心不安。

「畢竟是最後一次了，我自己做做看吧。俗話說得好，天下無難事，只怕有心人。」

最後第三年，她像是睡了三年的獅子終於醒來般，火速買了一本《任誰都會做，最簡單的手工藝入門》，沒有記取教訓的開始搏鬥。手指頭好幾次被針扎到，重做了好幾次，歷經十天終於完成難度一顆星的面紙套。

做出來的成品不但縫線粗到不行，還歪七扭八，連樣子也很糟。她說明明有先丈量過，但做出來的樣子就是很不可思議地變形。

果然一放進面紙就翻過來。

「呃，也許這樣比較好抽吧。」

我努力擠出這句話，畢竟這是母親拚盡全力做出來的成果。

總之，只好拿這個作品交差了。這東西可是塞滿了母親的熱情，應該說，也只有熱情。

難道老師都沒起疑嗎？明明第一年交出來的東西是那麼高水準，品質卻一年不如一年，第三年竟然交出這麼一個讓人不忍卒睹的東西。我滿腹疑問。

「老師可能想說我的身體或精神狀況不太好，也不好意思說什麼吧。」

母親樂觀地說。

但我隱約覺得紙包不住火，老師應該會這麼想：**奇怪了？真的很怪耶。莫非……**

於是，母親怕被抓包似的，沒有走進最後一年的義賣活動會場。

從幼稚園畢業的我成為小學生，也許是考量到不少母親都要工作吧，學校並未要求家長要為孩子做什麼手作品。

因為手提袋、裝鞋子的袋子都可以買市售商品，母親似乎輕鬆不少。

記得是小學四年級的某個週末午後。我上完書法課，和來接我的母親經過以前念的幼稚園時，瞧見裡頭剛好在舉行活動，便想說進去看看。

總覺得許久未見的園區和教室變得好小，還記得上頭繪著鬱金香的廁所用拖鞋，喚醒許多回憶。

我們經過正在舉行義賣活動的教室。

「小葵？小葵的媽媽？」

聽到這聲呼喚的我們回頭，原來是幼稚園同班同學小堇的母親。因為我們的學區不同，小堇就讀另一間小學。

「果然沒錯！好久不見了。妳們也來啦！小葵也長大了呢！」

小堇的媽媽穿著繡上幼稚園名稱的紅色圍裙。

「真的好久不見喔！小堇媽媽來幫忙的嗎？」

「是啊！我還有個小孩也念這裡，所以過來幫忙義賣活動。小堇因為有足球比賽，沒辦法來。」

「小堇在踢足球啊？」

「上小學就開始踢了。」

就在母親和小堇媽媽閒聊時，她的視線突然停在腳邊的紙箱。

用麥克筆寫著「一律10圓」的紙箱中，裝著速食店的贈品、還有看起來不太耐用印有信用金庫名稱的毛巾、兩年前的生肖擺飾、已經有點乾掉的水彩顏料、衣服的備用鈕釦、VHS的清潔帶等，雜亂地放些「就算是送的，也不想要」的東西。

裡頭有個東西很眼熟，我抓起來一瞧，正是四年前母親千辛萬苦做出來的面紙套。

「這、這是……」我說。

「哦，這個啊，每年都沒賣出去呢！去年、前年都沒賣出去，一直留著。因為是手作品也不好隨便處分掉，真是傷腦筋。如果不嫌棄的話，就拿去吧，免費送的喔！」

小堇的媽媽開朗地說。

我不敢看母親，因為要是我們眼神對上，就怕小堇的媽媽會起疑。

「這、這怎麼好意思啊！還是用買的吧。十塊是吧？」

母親從錢包掏出一枚十圓硬幣。

「哎呀，這樣不好意思啦！那這個也拿去，還有這個。」

小堇媽媽從紙箱拿了酒商送的開瓶器、桌曆（這時已經七月了）、「京都」文字形狀的鑰匙圈、應該是老爺爺用過有霉味的黑色零錢包等遞給我們。

「哇，不好意思啦！拿了這麼多。」

「沒關係啦！順便幫我這邊多少清一下破銅爛鐵。」

破銅爛鐵。虧我們聽到這詞時，還能擠出笑容。

但這不是誰的錯。是的，無論是母親、小堇的媽媽、沒有買面紙套的人，還是將這個放進紙箱的人，大家都沒有錯。

就這樣，母親傾全力做出來的東西，當然成品另當別論，經過四年時光，又重返我家。

記得是安徒生寫過這樣的童話故事，講述女主角扔進海中的戒指歷經重重波折，又回到她手上。雖然母親做的面紙套沒有如此恢弘的格局、浪漫的經歷，卻切實物歸原主。

後來再也沒看過那個面紙套，不曉得是扔掉了，還是藏起來。

那個面紙套呢？我拿來用吧。我怕這麼說會傷母親的心，就沒再提起。

「這肯定是小百的詛咒。」

母親憤憤不平地說。

「小百是誰？」我問。

原來是母親高中時代的家政老師。她姓百田，同學私底下都叫她「小百」。就高中生來看，當年五十歲左右的小百，已經是上了年紀的阿桑了。

小百留著一頭有點花白的捲髮，無論是臉還是身材，整個人瘦到有些乾癟，話都說在嘴邊，情緒激動這詞彷彿和她無緣，有點駝背的她穿著很樸素。

明明不是什麼討人厭的老師，女學生們卻有點輕蔑她，講得直白一點，就是喜歡惡意捉弄她，只因為小百未婚。母親的家鄉是民風保守的鄉下小鎮，當時沒結婚的女人堪稱稀有動物。

「虧她還教家政，居然沒嫁出去，好丟臉喔！」

學生們嘴角上揚，惡意嘲笑。

例如：上家政課時，用嬰兒娃娃教導學生如何幫寶寶洗澡，還有餵完母乳後，如何讓寶寶打嗝等，只見學生們總是冷眼瞧著抱著嬰兒娃娃，認真講解的小百，那眼神彷彿在說「**明明自己沒結婚**」，一副「**才不想讓妳教呢**」的態度。

還有，因為不管學生做什麼，小百都不會生氣，所以台下的學生們不是做其他事，就是公然趴在桌上睡覺，總之沒人把老師放在眼裡。縱然如此，小百還是熱心教學，反而讓學生覺得很厭煩、很討厭。

母親畢業後，馬上忘了小百的事，而且是很長一段時間都沒想起這個人。直到婚後，母親才偶然想起這位家政老師。

好比煮味噌湯時，母親會說記得家政課時有教過，用滾水煮的味噌湯和開小火慢慢煮的味噌湯，喝起來的口感完全不一樣。一百克和一百cc也是，記得小百有說過兩者的差異。母親每次站在廚房或是和縫鈕釦一事搏鬥時，都會想起小百。第一次幫剛出生不久的我洗澡時，腦中浮現的也是用嬰兒娃娃，認真講解的小百模樣。

就是像這樣，母親不時會想起她。或許小百早就料到總有一天母親會回顧蔑視她的那些日子，深切反省自己的行為，感嘆那時要是認真上課就好了。

「這是輕蔑小百的報應，不，是小百的復仇、詛咒。誰叫我們上課時總是做自己的事，暗地裡嘲笑她。其實她肯定知道，也都看在眼裡。」

母親這麼說道。

小百知道我們的報應遲早會來。但我覺得這只是對於家政課深感棘手的母親的被害妄想，其他人根本沒這種感覺吧。

＊＊＊

我如母親所願，成了家事一把罩的女孩，也算是老天爺垂憐母親的心願。

但既然要祈願，那就祈願我是個出色美少女，或是擁有天才頭腦的女孩，不是更好嗎？

其實我之所以喜歡家政課，是因為外婆不但燒得一手好菜，還是個家事通，純粹只是隔代遺傳吧。

這樣的我上了國中，當然是參加與家政課有關的社團。從小學時就是如此，因為我天生就是家政達人。

不是我自誇，不但擁有一雙什麼都難不倒我的巧手，還很有廚藝天分。我做的羊毛氈布偶可是作為其他社員的參考範本；也能迅速反應該怎麼烹調一道菜，像是掌控火侯、拿捏調味料的分量也很有一套，有沒有這種能力是很重要的。

一般社團的社長都是由三年級學生擔任，但我升上二年級時，就因為很有實力而被選為副社長。雖然社團活動一週只有三天，內容卻非常充實。

記得是國二下學期的事。

有一位社員是和我同班的男生，野間克己。我們的社員都是女生，當然沒有排斥男生入社，所以這是創社以來頭一次發生的事。

野間一直都是參加桌球社，聽說還是很被看好的選手。為什麼他會做出這樣的決定呢？

當然，這件事在學校掀起不小的話題。傳言他被學長欺負、抱怨練習很辛苦、還和指導老師起衝突、遭到其他社員的嫉妒等，各種謠言甚囂塵上。不過當事人絕口不提這件事，所以真相始終未明。

但任誰都有這樣的疑問：**就算是這樣，為何要參加和家政課有關的社團呢？**

不理會周遭反應的野間，就這樣加入我們社團。雖然有些社員起初對他有所戒心，保持距離，但野間那種親切隨和、好相處的個性，馬上就和大家打成一片，不到一個月就給人好像入社很久的感覺。

其實他很喜歡縫紉，也很愛下廚，積極參與社團的任何活動。畢竟一直都是只有女社員的社團，所以野間多少抱著可能很難融入團體的覺悟，沒想到他多慮了。當女孩子們聊著閨蜜話題時，他會很識相的走開，也會和大家一起愉快談笑。

學姐都暱稱他「小克」，一年級的學妹則是仰慕地喊他「小克學長」。直到他加入社團之前，身為同班同學的我們幾乎沒什麼交集，不過隨著他入社，一下子就混熟了。

「人家說等便當涼了，才能蓋上蓋子。好奇怪喔！非得等到完全涼了才行嗎？可是有時候過了很久還是熱熱的啊。」

某天，野間這麼問我。

「野間，你也會做便當啊？」

「因為我念小三的妹妹要去遠足。」

「哇！好厲害喔。可是做便當不容易吔。」

「還好啦！反正我很喜歡下廚。」

野間笑著這麼說。

「要是沒有等配菜和飯完全涼掉就蓋上便當蓋的話，水蒸氣就會變成水分，水分可是會滋生細菌的。所以盛飯時，先在盤子上鋪平，可以讓米飯快一點涼掉。還有煮飯時，可以加一點醋，這樣飯比較不會黏鍋。」

「加醋？這樣不是會有醋味嗎？」

「三杯米加一小匙醋就行了，這樣煮出來的飯不會有醋味。」

「原來如此，不虧是副社長。」

「還有啊，要從體積大的配菜先裝進便當盒，這樣比較容易掌控菜色的配置。」

「原來如此，我來試試看。」

野間的雙眼閃閃發亮，看來他真的很喜歡下廚。

「你真是個好哥哥啊！」

只見他難為情似的微笑。

＊　＊　＊

時序進入十月，我們社團也要開始準備校慶活動。

舉凡製作展示品、海報、看板等，要做的事如山高。其中又以手工餅乾最受歡迎，因為有前輩們傳下來的「秘密黃金食譜」，真的超美味，就連住在附近的人也會每年特地來購買。而活動結束後，我們會將所得捐贈慈善團體。

要製作銷售商品之前，通常會試做個一、兩次。

這天，大家在試做餅乾，先解凍奶油、篩粉、計算砂糖量。

「別忘了將杏仁粉加進麵粉喔！記得要像切東西般充分攪拌。烤箱要開一百七十度預熱。」

我指導一年級的學妹們試做餅乾，野間也一臉認真地和大家一起學習。只見他俐落地幫忙處理垃圾與廚餘，切絲的刀工也很不錯，讓我深感佩服。

家政教室瀰漫著甜甜香氣，嗅著烘焙時的香味也是做甜點的樂趣之一，這是一種幸福的味道。

能吃到剛出爐的點心最令人開心了，雖然冷掉別有一番滋味，但剛烤好的東西真的很美味。

「好燙！可是好好吃喔！」

我邊說邊吃。

「如何？」

野間緊張地問。

「好吃，是我目前吃過的餅乾中最好吃的。」

因為快放學了．所以我將剩下來的餅乾裝進紙袋，分給每位社員。

今天輪到我負責繳回家政教室櫃子的鑰匙，心想回去時順道去趟教職員辦公室，碰巧野間也有東西要交給老師，便一起前往。當我們走在一樓外面的通道時，瞥見剛結束社團活動的桌球社社員聚集在飲水機那邊。

瞬間，我有點不知所措，野間倒是一派從容地往前走。這時，有個桌球社社員，一樣是二年級的谷同學瞧見我們走過來，不懷好意地擋在我們面前。

「唷！野間，好久不見。家政社團如何啊？」

谷同學挑釁地問道。

「你覺得和女孩子在一起編織東西、烹煮食物，比較快樂是吧？比打桌球快樂，是吧？」

野間沒回應。

「說穿了，就是因為受不了嚴格訓練才逃走，對吧？」

野間依舊不理會對方的挑釁。

「喂！你倒是說句話啊！」

谷同學看到野間正要從旁邊走過去時，一把攫住野間的肩膀，結果一個重心不穩，野間手上的紙袋掉在地上，掉出二、三片餅乾。

「喂！你幹什麼啊！」

野間勃然大怒地呵叱，瞪目著谷同學。

「一、二、三！」

我聞聲一瞧，原來是田徑隊的中原正在撿拾掉落的餅乾和紙袋。

「三秒原則*，我可以吃掉嗎？」

中原拿著餅乾，吹一下後，塞進嘴裡。

「蛤？那個掉在地上吔！你敢吃啊？」

「安啦、安啦！要是這樣就鬧肚子，人類早就滅亡了。這是誰做的啊？超好吃的吔！」

中原毫不猶豫地又吃了第二片。

「這是野間做的嗎？好厲害喔！根本是天才嘛！超級好吃。小谷，你也吃吃看。」

中原將紙袋遞向谷同學。

「不、不用了。」

小谷別過臉，悻悻然走掉。

「想說讓你吃沒掉在地上的餅乾說。」

中原笑著這麼說。

「謝、謝啦！中原。」

＊注：「3秒鐘原則」，食物掉在地上三秒之內撿起來食用，不會影響身體。

「謝我幹嘛？我才要謝謝你呢！社團活動結束後，超想吃甜甜的東西。不過，這個真的超好吃，有在賣嗎？」

中原說完，又吃了一片餅乾。

「這是要在校慶時賣的餅乾。」

「是喔，那我可以先預購嗎？我要吃野間做的餅乾。」

「這是社員大家一起做的啦！」

「是喔，那我一定會去買！」

中原說著，將裝著餅乾的袋子還給野間。

「這些都送你吧！」

「太棒了！Lucky！」

中原笑得十分開懷，我和野間也跟著笑了。

校慶終於到來。
果然餅乾最受歡迎，賣得最好。
我和野間輪值顧攤時，中原依約來買餅乾。
「我要買五袋。」
「不會吧？買這麼多？」
「因為我哥也說好吃啊！」
「謝啦！中原。」
笑著這麼說的野間卻突然臉色驟變，我循著他的視線望去，原來是谷同學走了進來，氣氛瞬間變得緊繃。
「我要買兩袋這個。」
谷同學走到我們面前，指著餅乾袋說。
「喔，好。謝謝，一共是二百日圓。」

我接過錢，野間將餅乾袋遞給他。
「謝啦！小谷。」
只見谷同學嘴角稍稍上揚，點點頭便走了。
站在一旁的中原豎起大拇指竊笑。

盛況空前的校慶順利結束。
來客數比去年多，我們的展示品深獲好評，餅乾也全數銷售一空。
野間主動說要負責比較粗重的善後工作，大家深刻體認到有男社員真好。
我寫完社團活動日誌，放回教職員辦公室後又回到家政教室，因為野間還沒走，兩人便自然一起回家。雖然我們到中途都是同一個方向，但還是第一次一起回家。
「你覺得我們社團如何？」我問。

「很有趣啊！真的很快樂。」

他露出天真笑容說道。

「那就好。可是為什麼選擇參加我們社團呢？」

其實我是想直接問他為何放棄桌球，但還是不太好意思問。

「因為我喜歡上家政課。我啊，想當家政老師喔！」

「咦？教家政？」

「是啊，家政老師。」

「咦？男生可以當家政老師嗎？」

「當然可以啊！之前電視節目就有介紹，只是真的沒幾個人就是了。」

「是喔，這我倒是不知道。不過廚師多是男性，編織和洋裁方面也有非常知名的男老師，看來男生當家政老師一點也不奇怪。可是你為什麼要當學校老師呢？要是擅長料理和縫紉的話，也可以當廚師或設計師。」

「我媽的夢想是在學校教書，但因為一些原因無法如願，所以我想幫她完成心願。我在想自己到底擅長、喜歡什麼科目時，就想到家政。」

「你對你媽媽、妹妹真好，真的很體貼。」

「沒妳說的那麼好啦！妳也是啊，料理和縫紉都很厲害，很適合當家政老師。」

「我沒想過吔。不過我很喜歡家政課，當家政老師好像也不錯。」

「是啊！妳超適合的。我們以後在同一間學校教書吧。」

「這個嘛……可是每間學校不是只有一位家政老師嗎？」

「好像不是吔。像我們這種鄉下小學校是只有一位沒錯，大一點的學校好像有兩位。」

「是喔，你還真是清楚。」

感覺個性溫和又靈巧的野間，的確很適合當家政老師。

「對了，還可以當家政社團的指導老師。」

我邊笑邊說。

「可以賣祕傳黃金食譜做的餅乾。」

兩人一起開懷笑著。

後來我告訴他，我之所以喜歡家政課是因為母親那個關於「小百的詛咒」。野間聽了，捧腹大笑。

「啊，我家到了。」

野間指著前方一棟三層樓的公寓。

「明天見囉。」

我說完，野間微笑地轉身離去。我望著他的背影，心想：**他的肩膀好寬喔**。

＊＊＊

校慶結束，社團活動又回復如常。

十一月中旬過後，就會開始上編織課。

首先是學最基本的圍巾，大家都在討論織完後要送給誰。當大夥專心用編針編織時——

「我今天有點事要提早走，可以嗎？」

野間突然一臉歉意地說。

「當然可以。」

「那我先走了。不好意思。」

他悄聲說完，提著書包，快步離去。

下課鐘聲響起，我正在收拾善後時，瞥見野間坐過的椅子上有個文件匣，還挾著一張記得是明天要交的理科作業。

這下子不就糟了嗎？理科老師對於作業一事可是特別嚴格，還是拿去給他吧。這麼想的我將文件匣塞進書包。

因為不知道他家是哪一間，只好看一下公寓入口的信箱，確定是二〇二號室。我登上鋼筋混凝土樓梯，瞧見寫著「野間」的門牌，按下電鈴。

「來了。」

屋內傳來女孩子的聲音，應該是他妹妹吧。

「呃，我是野間的同班同學伊藤，請問他在嗎？」

「請等一下。」

說完，傳來開鎖的聲音，門開啟後，一個綁著辮子的女孩探頭出來，是個眼睛又大又亮的可愛女孩。

「我哥剛好出去了，去藥局幫我媽拿藥。」

「啊，是喔。」

原來他說有事，是因為他媽媽身體不舒服啊。

「小瞳，怎麼了？是誰來了？」

屋裡突然傳來另一個聲音，接著瞧見身穿睡衣、披著紫色外套的女人走了過來。她的面色蒼白，一邊撫著凌亂長髮，一邊微笑地向我點頭打招呼。她那撫著頭髮的手瘦到見骨，仔細一瞧，身形好瘦、好單薄。

「不好意思，我和野間同班，也是同一個社團，我叫伊藤。野間把這個忘在家政教室。」

我說著，遞出文件匣。

「哎呀！不好意思，還麻煩妳特地跑一趟。那孩子剛好出門。原來妳就是和他同一個社團的伊藤同學啊！我兒子常提起妳呢！」

我有點在意野間是怎麼說我。

「我這樣子啊，給那孩子造成不少負擔。我的身體狀況不太好。」

野間的媽媽拉緊睡衣領口。

「當他告訴我要退出桌球社時，我告訴他不必這樣，可是我住院後，家裡和照顧妹妹的事只能落在他身上。我這個做母親的真的很沒用。」

怎麼辦？野間的媽媽好像以為我都知情的樣子。

「所以他才會加入家政社團，不用每天去社團，還能學習料理和縫紉。不過他說參加後，真的很快樂。伊藤同學和其他人都對他很好，真的很謝謝妳們。」

野間媽媽這麼說，還行禮道謝。

「哪裡，您太客氣了。」

我誠惶誠恐地向不斷道謝的野間媽媽道別後，離開他家。

原來如此，野間之所以退出桌球社，是因為他母親生病住院。對了，我聽說野間他沒有爸爸。

所以他是代替母親照顧這個家和妹妹，才會選擇加入家政社團啊。不是因為想當家政老師，才加入我們社團囉？肯定是因為難以啟齒，不想被別人知道吧。今天聽到的事就藏在心裡吧。

他媽媽的情況還好嗎？不過已經出院回家，表示情況好轉了吧。

這麼一來，野間就會回桌球社吧。不，不可能吧。可是……

一想到他會退社，一股寂寞感剎時湧上心頭。

真是的！好不容易和大家打成一片，又是創社以來第一位男社員。

但不只如此，總覺得還有什麼事情讓我煩悶不已。

隔天上課前，野間迎面走了過來。

「謝謝妳昨天特地跑一趟，真是幫了大忙。」

他開口對我說。

「嗯，不客氣。」

沈默片刻，兩人對看了幾秒，有種欲言又止的感覺。

野間知道我曉得他家的情況嗎？我不敢問他。

上課鐘響，野間回到座位上。

雖然我一直很在意，但看到他社團時的樣子還是一如往常，甚至感覺更開朗、更有活力，看來他媽媽的病情應該好轉才是。

就在我這麼想時，又想到萬一他重返桌球社，不，就算不是桌球社，也可能去了其他社團。不明白自己為什麼這麼擔心。

萬一野間真的要退社，也是他的自由，這也是沒辦法的事。

＊　＊　＊

十一月下旬，為了準備期末考，暫時停止社團活動。

十二月初，考完期末考，又重啟社團活動。

動作快的人早就織好圍巾。有個三年級的學姐想將圍巾送給中原，不少學姐都很喜歡他。

「野間，你織的圍巾要自己用嗎？」

趁家政教室只剩我們兩個人時，我試探地問。

野間織的是清朗的藍色圍巾，我的是被學妹說「好樸素」的墨綠色圍巾。

「嗯……還不曉得吔，我還沒決定。」

「不然這樣好了，我們來交換，如何？」

「啊？」

「這樣比較有趣，是吧？不是織完就算了。」

「呃，可是……」

「啊，不願意也沒關係啦！我只是說說而已。」

「不是不願意啦！只是我是初學者，織得很差，拿來和伊藤同學交換，總覺得對妳不好意思。」

「才不會呢！那就這樣說定囉。」

「嗯。」

野間笑著回應。

既然要當禮物送人，我決定繡上他的名字。我一邊織著，總覺得好興奮。

哎呀，這不是禮物啦！只是交換而已，確認彼此參與社團活動的成果。我這麼告訴自己。

結業式過後，就是今年最後一次的社團活動了，必須清掃平常沒有整理的家政教室的櫃子。

清理完後，我們並沒有約好，還是一如往常地一起回家。

冬天太陽下山的早，這一帶開始染上葡萄色夕陽，落在地上的枯葉被風一吹，發出沙沙聲。

「對了，給妳。」

我們走到河邊道路時，野間突然停下腳步，從書包取出他織的那條天藍色圍巾。

「對喔。」

說完，我也從提袋拿出自己編織的圍巾。

當我們各自拿著圍巾互看著對方時，突然覺得有些難為情。

我看著手上的圍巾，心想該如何化解尷尬氣氛時，突然感覺到脖子傳來一股暖意。野間幫我圍上了圍巾。

「副社長，辛苦了。」

因為暮色低垂，野間的臉上覆著陰影，看起來好成熟。

我也慌張地替他圍上圍巾。

「哇！好厲害喔！還繡了名字。」

他馬上察覺說道。

我也低頭看了一下圍在脖子上的圍巾，上頭縫了個小瓢蟲鈕釦。

「不好意思，我還不會繡名字，就拿家裡有的東西縫上去。」

「別這麼說。好可愛喔！謝謝。」

我們用笑聲掩飾害羞的心情。

「那麼，這個就是夥伴的證明囉。」我說。

「夥伴？」

「是啊！以成為家政老師為目標的夥伴。」

「咦？伊藤同學也決定了嗎？」

「是啊！所以我們一起努力吧。就這樣說定囉。」

我故意半開玩笑地說。

「嗯，一起加油！」

野間最後那句話鏗鏘有力。

＊＊＊

過完每年都一樣忙亂的歲末新年，放假放得比較久的寒假就結束了。由於我們住的地方氣候嚴寒，所以寒假比暑假來得長。

開學那天，我圍著天藍色圍巾上學，心想：**野間也會圍著我織的圍巾嗎**？我懷著緊張期待的心情，走進教室。

我沒看到他，只有一張空蕩蕩的桌子。怎麼會這樣？新學期一開始就請假？難不成感冒了？

體育館的開學典禮結束後，一回到教室，老師就向大家宣布一件事——

「因為事發突然，也許各位同學聽到會很驚訝，野間克己同學因為家裡的關係，搬到愛媛縣。他請我代為向班上同學們問好。」

剎時一片譁然。

不會吧？怎麼會這樣？

為什麼？你有聽說嗎？沒有。

為什麼？為什麼？喧嚷未歇。

騙人。我只吐得出這個詞。怎麼會這樣？感覺腦子裡的血液量霎時降低，宛如身處海底似的，周遭聲音忽大忽小的回響著。

騙人、騙人、騙人。我像個笨蛋似的，只能吐出這個詞。

後來究竟發生了什麼事，我完全不記得，一回神，才發現教室只剩下我一個人。因為今天只是來參加開學典禮，所以不知不覺間大家都離開了。

無力站起來的我一直呆坐著，感覺身體不是自己似的，絲毫使不上力。

教室像是被撒了金粉，滿溢著冬日暖陽。

「妳果然還在啊！」

我聞聲回頭，原來是中原。

「妳還好嗎？」

他坐在我前面那張桌子上。

「中原，莫非你早就知道野間的事？是不是聽說了什麼？」

面對口氣咄咄逼人的我，中原從制服口袋掏出一張紙，折得四四方方的紙上寫著愛媛縣〇〇市的住所和電話號碼。

「你怎麼會有這個？」

「寒假開始不久，那小子聯絡我，把這交給我。」

「為什麼？為什麼是給你，而不是我？為什麼？你和野間沒那麼熟啊！」

我說完後，才覺得自己失言。

中原倒也不以為意，悄聲嘆氣。

「……正因為很熟、很親近才難以啟齒，不是嗎？」

中原靜靜地說。

我默默低頭，怔怔地注視著在桌上交疊的手指。

「他媽媽住進愛媛的療養中心。」

「什麼？療養中心？」

我驚愕地抬頭。

「因為那邊有親戚，可以安排住進比較好的照護機構。」

「等等、等一下。你說療養中心？什麼意思？他媽媽不是出院了。前陣子我才和他媽媽說過話啊！不對啊！一定是你聽錯了。」

「她媽媽不是因為情況好轉才出院，而是因為不可能康復，醫院才讓她回家療養。」

「怎麼會這樣？他從來沒跟我說過。野間也和平常一樣，沒什麼異狀啊！你少騙人了。」

情緒激動的我看著中原，他那如湖面般寧靜的眼瞳凝視著我。

「野間那小子很小的時候，父親就過世了，一直都是靠他媽媽工作養育兩個孩子。他媽媽兼了好幾個差，連覺都沒辦法好好睡，就是那種不管工作再怎麼辛苦，也不會喊累的人吧。從來沒有好好愛惜自己，結果發現罹癌時，已經為時已晚的樣子。野間覺得是自己的錯，所以一直很自責。」

聽到這番話，我的心好痛。

「我什麼都不知道……什麼都不知道。」

我伸手掩面，淚水從指間滑落。

「他也不想讓妳知道吧。」

「為什麼？不信任我嗎？」

「……因為他不想讓妳留下悲傷回憶吧。」

中原靜靜地搖頭，說道。

怎麼可能啊！野間。不管怎麼樣，我都會很傷心。

教室內回響著我的啜泣聲。

「我問你，你去過愛媛嗎？」

我抬起滿是淚水的臉，抽咽地問中原。

「沒吔。」

「我也是。不過那裡是個好地方喔，氣候溫暖，面臨瀨戶內海，至少比那種極寒酷暑之地好太多了。所以啊，去到那麼好的環境養病，他媽媽的病應該會好起來吧。」

中原面對尋求慰藉的我，只是沈默不語。

我明白，中原不是那種會在這時候，隨口說些安慰話語的人。

「要是這樣就好了。」

靜默後，他只回了這麼一句。

「一定會好的！因為、因為……要是他媽媽不在了，野間和他妹妹怎麼辦？」

這麼說的我，又淚流不止。

第一次不是為自己的事，而是想到某個人而哭泣。

「妳還好吧？要不要我送妳回去？」

中原問了我好幾次，我都搖頭婉拒，因為我想一個人回家。

「妳不抄一下他的聯絡方式嗎？」

他又問，我還是沈默地搖搖頭。

「是喔。那如果妳需要的話，隨時跟我說吧。」

中原將寫著聯絡方式的紙摺好，塞回胸前口袋。

我走在和野間一起回家的路上，站在那天我們交換圍巾的地方。北風無情吹著，吹得頭髮倒豎，冷得我將圍巾拉至嘴邊。

愛媛很溫暖，應該不需要圍巾吧。

不管野間身在何處，即使成了成熟大人，我只要繫上這條圍巾，他就會認出是我。因為這是夥伴的證明。

我們要一起成為家政老師，我們這麼約定著。

抬頭望見的天空顏色和這條圍巾一樣，都是閃耀生輝的藍色。

第三節課

數學

特別的夜晚

不會吧！喂……

我在告訴自己……是看錯了嗎？不，其實我以為是錯覺，所以再次瞧仔細，無奈沒有任何改變。

九分，只有一位數，也就是一個數字「9」。

這是考試分數。滿分當然不是十分，要是這樣該有多好啊！滿分也不是五十分，若是這樣還好些，至少比較好看。

這是滿分一百分的九分，而且怎麼看都是九，前後都沒有數字，單獨的九，只有這樣而已。

沒想到自己考了個這樣的分數，很難接受，也不想面對。

怎麼辦？怎麼辦？我該如何是好？

反正也無力回天了，有一種獨自身陷無盡黑暗空間的感覺，若要取名的話，「孤獨」這詞最貼近吧。明明周遭有人，現在的我卻孤立無助，不知所措，這種感覺近似恐怖。

同時，也覺得因為考試分數而嚇成這樣的自己很蠢。總之，就是很混亂。

證據就是心跳加速，還是第一次如此清楚感覺到心臟的存在。

胸、胸口好痛。

補習班的某間教室。

前幾天的模擬考成績出來了。第一次的高難度模擬考，早就知道很難，只是沒想到會難成這樣，是我太小看這次的考試。

我在學校的考試排名通常都是前幾名，不但能確實準備好要考的範圍，基礎功也很紮實，可說是我的強項。不過，我知道自己的腦子比較轉不過來，所以題目只要稍微變化一下，我就一籌莫展了。

不少女孩子都是這樣，但我是男生，總覺得自己超遜。

要是報考本地的公立高中就好了。只要以學校課業為主，按部就班紮實學習，考試成績就不至於太差，也可以申請甄試。

問題是約莫一年後，也就是我國中畢業，因為父親調職的關係，全家要遷居東京，爸媽說這時間點回東京剛剛好。

也許是吧。畢竟國中念到一半、或是升上高中後才轉學，可就麻煩多了；相較之下，這確實是個好時機。

但一個人報考那麼遠的高中，做著和周遭人不一樣的事，懷抱著無法與人共享的東西，這是我從未有過的經驗。

其實我本來就是在東京出生，一直在東京待到上幼稚園，後來又在神奈川唸到小學四年級。之後便來到這片土地，在這裡生活了四年，而且早就知道再待一年就要回東京。這時間點剛好是我國中畢業、弟弟小學畢業這一年，或許父親的公司連這一點都貼心設想到吧。

弟弟要就讀東京的公立國中，所以沒什麼問題，我才是燙手山芋。

待在氣氛悠閒的鄉下國中的我，必須報考競爭激烈的東京高中，而鄉下國中的老師對於東京升學考一事並不是那麼清楚，因此我必須獨自奮戰。

不是我誇大其詞，因為要是不這麼想的話，總覺得自己撐不下去。

我還在念國二，不，應該說已經國二了。

現在是二月，距離高中入學考試還有一年。大都市的國中生為了準備高中入學考，有些人甚至上國中之前就去升高中補習班報到。我從上個月開始，也去位於本縣最繁華地區的某間補習班報到。

這裡聚集了很多以考上本地頂尖高中為目標的國中生，也有像我這樣報考外縣市高中的學生。他們的父母多是醫師或大學教授，以考上位於首都圈、全國無敵難考的明星高中為目標。

每年都有幾個這樣的學生，放學後不是回寄宿地方，就是回學生宿舍；其中也有父親留守家裡，母親陪著搬出來住的例子。

總之，我念的補習班，聚集不少以考上知名學府為目標的孩子。

上個月，要報考外縣市高中的學生，參加了首都圈的高難度模擬試題，今天公布考試成績。

我的國語勉強拿到平均分數，但其他科都慘到不行。尤其是數學，竟然只有九分，連說「考差了」這三個字都很勉強，因為所謂考差了，起碼也有兩位數吧。所以根本不是「差」，只能說是「慘」。

我還是第一次因為分數而胃痛，不，已經超越疼痛，覺得噁心了。

噁——，好想吐，因為自己的成績而想吐。

可想而知，希望能考上的學校錄取機率全是不及格的E，可以說完全沒指望了。也就是說，考上的機率是零，不，搞不好連零都沒有。剎時一股莫名的恐懼感襲身。

喂，怎麼辦？這下子沒學校可去了。不，也不是沒有，大都市裡有的是高中，至少比學校少得可憐的鄉下地方多很多吧。

只是我能如願考上自己想讀的高中機率是零，這是不爭的事實。雖然正確來說，應該是爸媽希望我考上的學校。

當爸媽看到我的模擬考成績時，他們的反應是「嗯……」；而對我來說，這聲「嗯……」形同呻吟，恐怕也只能這麼回應吧。

「沒、沒關係啦！小修很聰明，再努力就行了。」

「是、是啊！還有進步空間嘛！沒問題的，別氣餒。」

爸媽泰半像是說給自己聽似的如此說道。

我本來想說乾脆放棄算了，但都已經撐到現在，加上我的學校成績還不錯，也只好繼續撐下去。

只能說兩老誤會了，不，與其說是誤會，應該說是無法接受、不想承認，覺得自己的孩子沒那麼差。

雖說我的成績不差，但僅限指定的考試範圍，因為我會準備得很好，也考得還不錯。其實我的實力沒那麼好，已經到了極限，無法有所成長。我很清楚自己已經竭盡全力，也只能到這種程度。

好比同班同學中原就和我完全不一樣，那小子輕輕鬆鬆就能考到和我一樣的成績，有時比我更好。和他講話就知道，這傢伙腦筋一級棒，像他這種人肯定前途無量吧。

但我不一樣，請不要對我有所期待。希望你們認清現實、接受事實，你們的孩子並不像你們想的那麼優秀。

我很想這樣告訴他們，但就是說不出口，只能一邊抱著很想往輕鬆一方靠攏的心情，一邊想著也許拚死一搏，還能逆轉勝吧。遲遲無法割捨這想法。

沒錯，現在放棄還太早了。感覺胃一帶又變得沈甸甸，我嚥了嚥口水，設法平復情緒。

總之，必須克服最棘手的科目，只能一一克服眼前的難關。

我翻開《進階版無敵應用題庫》、《超水準精選應用題庫》，只大略看了一下，眼睛就已拒絕再看下去。

真的有和我同年紀的人能解答得出這種問題嗎？是的，真的有，而且兩三下就解答出來。

怎麼想，自己都不是他們的對手；應該說，這種人的腦子天生就和別人不一樣吧。我苦惱地抱著頭，面對眼前的題庫集。

要是待在這鄉下地方，至少還能考上不錯的本地高中，畢竟這裡人口少，沒幾間學校，選項也不多。

雖然也有勉強稱得上明星高中的學校，但是只要和大都市的學校相比，顯然遜色多了。

以我們學校為例，大概班上第一名到第三十名的同學都考得上。所以要是這所學校，我肯定進得去，也沒必要焦慮成這樣。

事實上，以考上這所明星高中為目標的同學都一派輕鬆樣，幾乎看不到那種明明離聯考還有一年，就卯起來苦讀的人。盡是些等著升上國三就不必再看學長、學姐臉色，無論是社團活動還是學校例行活動，都能樂得按照自己意思來做的傢伙。

要是我繼續待在這裡的話，也能像他們一樣輕鬆快樂吧。

原來與眾不同的感覺，這麼孤單啊！

「其他孩子一定很羨慕小修，能夠離開無聊的鄉下地方，去東京唸書。要是可以交換的話，他們肯定恨不得代替你去。而且想到以後要考大學，這裡的學校水準哪能和東京的學校相比，讀書風氣也差很多，三年後才察覺到這一點就太遲了。對小修的人生來說，去念東京的學校絕對是加分喔！」

雖然母親這麼說，但真的是這樣嗎？

不行，現在不是想這種事的時候，再怎麼想也無法改變事實，只是浪費時間與腦力罷了。

現在要做的是如何提昇我的數學實力？話雖如此，看了那些超水準題庫的解答，我還是有看沒有懂。慘了，好焦慮啊！

於是，我經常連午休時間也坐在位子上，翻閱學測題庫。

同學們都知道我畢業後，全家要遷居東京，倒也沒對我說什麼冷嘲熱諷的話，反而對我投以同情眼神。

總覺得彷彿聽到他們在心裡竊竊細語：還是留在這裡唸書比較好。

＊　＊　＊

那天也是從補習班回來的時候。

雖然我有參加圍棋將棋社，但因為社團幾乎沒什麼活動，形同回家社，所以我幾乎每天放學就直接去補習班報到。我會先搭公車，再轉乘電車，前往位於市區的補習班。

晚上九點多補習班下課，坐在車上的我翻閱著參考書，想起今天上課時，補習班老師說的話：「明明學校考試都能考九十分以上，模擬考成績卻很糟，這是因為無法正確發揮自己的基本實力。若要想練就一看到題目就知道如何解答的瞬間解題力，只有勤加練習解題一途。問題是，不懂也沒辦法馬上解答，就算好像知道怎麼解題，實際一試又不行。總之，必須花點時間練習困難的題目，思索各種方法，尋找答案。倘若這個不行，就得趕快找別的方法，藉此培養自己的應變力。」

我知道，這些我都知道啊！

聽別人這麼說，就會有「原來如此」、「沒錯，就是這樣」的感觸。但我就是做不來，一切都很不順。

到站了，只有我一個人下車，四周一片昏暗。我不禁深深嘆氣。

「唷！」

身後傳來聲音，回頭一瞧，原來是同班的中原，他好像在跑步的樣子。

「都這麼晚了，你在幹嘛啊？」

中原露出天真笑容，問道。

「剛從補習班回來啊！」

「不會吧？好辛苦喔！對吼，坪田要去念東京的高中，是吧？」

「嗯，是啊！中原應該是念那間，西森高中？」

「大概吧。也沒其他可選了，畢竟這裡也沒幾間學校可挑。」

「好可惜喔！你明明可以去念更好的學校。」

「我念這裡的學校就行了，反正就是過著一陣不變的生活。倒是坪田，應該會變成時髦的都市男孩。好好喔——，要去東京吔！我也好想去。總覺得在哪裡度過接下來三年的珍貴青春歲月，多少會影響日後人生吧！我也好想看看不一樣的風景，不是一眼望去只有果園和菜田。真的好羡慕你喔！」

「那就代替我去啊！如果我這麼說呢？」

我也沒想到自己會吼得這麼大聲，中原一臉錯愕地看著我。

「啊，對不起，我有點失控。」

我別過臉道歉。

「我才是，對不起啦！……你不想去東京嗎？」

中原也開口道歉，沈默片刻後他又問道。

「我、我才不想去哩！我想和大家一樣留在這裡，念這裡的高中。我也想和大家一樣玩社團、參加畢旅，繼續在這裡生活。我超不想去補習班，也不想考什麼模擬考，更不想看到那些題庫集。夠了！真是受夠了！」

我明知道和中原說這些也無濟於事，但還是忍不住宣洩。

在邊這麼說的同時，也瞭解自己只是想逃避罷了。**往輕鬆的一方靠攏、往輕鬆的一方靠攏……**頓時覺得自己既悲慘又難堪。

「你這麼討厭去東京啊？」

「是啊！我想一直待在這裡。」

我不耐煩地回道。

我知道自己很任性，因為考試成績讓我倍感挫折，所以才想往輕鬆的一方靠攏。問題是，就算這麼說也是枉然。

中原沒有回話，只是抬頭仰望著夜空。

「我還是會去的啦！」

我心不甘情不願地再度開口說。

「喔。」

中原也簡單回應。

我和中原一起仰望著夜空，閃爍星辰映入眼簾。

隔天，看到中原就覺得很尷尬，但他的態度倒是一如往常。不過，鬆了一口氣的同時，又覺得他完全沒把昨晚的事放在心上，著實讓人有點不悅。

反正就是這麼回事吧！無論對誰來說，這都是別人的事，與自己何干。

就這樣過了兩個禮拜。我依舊被補習班的數學超難題搞得心力交瘁，真的覺得自己快不行了，心情愈來愈焦慮。

另一方面，也為自己為何要受這種苦而生著沒道理的氣。現在學的這些東西，出了社會根本用不上。**在學校學的東西，長大後根本派不上用場**。明明大人都是這麼說的。

既然如此，為什麼我還要受這種苦？受這種苦到底有什麼意義啊？

我從補習班回來，一下公車就看到中原，他看起來並不像跑步跑到一半的樣子。

「你之前也是差不多這個時候回來啊？」

他看到我，笑著這麼問。

「幹嘛？特地等我嗎？」

我們並肩往前走。

「也不是特地啦。好啦，也算是吧。」

幹嘛？什麼事啊？就在我如此思忖時——

「就是那個，之前那件事……」

中原邊看著腳邊開口說道。

「什麼？」

其實我知道是什麼事，只是故意這麼問。

「你說你不想去東京，想念這裡的高中，是真的這麼想嗎？」

「當然啊！」

「是喔。既然這樣的話，要不要從我家通學呢？」

「蛤？」

我聽不懂他在說什麼。

「坪田也想念西森高中，是吧？那就從我家去上學，不就得了。」

「等一下、等一下，我聽不懂。」

「就是問你要不要住我家？我是說真的，我問了我媽，她一口就答應。我們家只有我和我哥兩兄弟，所以多一個男孩子也沒差，我爸媽完全能接受。幸好我家還有空房，是我爺爺以前住的房間。啊，放心，現在應該沒有鬼魂會跑出來。應該吧，我也不知道。如果你不喜歡的話，和我共用一個房間也行，雖然房間不大，但還算乾淨啦！」

「等、等一下。你突然這麼說，我沒心理準備。」

「嗯，也是啦！不過我想說，這種事還是早點告知比較好。」

「為什麼？為什麼你會為了我……」

明明我們沒那麼麻吉啊！我忍住差點迸出口的話，但中原大概不會在乎這種事吧。

「反正時間還很充裕，你要是決定了，我就請我爸媽去跟你父母說，具體的事就以後再說吧。」

中原一臉認真地看著我。

「我說你啊……」

我想繼續說，卻說不出口。

「怎樣啦？」

「沒、沒什麼。」

你這傢伙人真好。不對，不是這麼簡單的一句話，而是更特別，不是這麼簡單。

該怎麼形容在我內心逐漸擴散開來的感覺呢？

「不過，只有一個問題。」

中原皺著眉這麼說。

「咦？什麼？」

「我媽廚藝實在不怎麼樣。她是很有愛啦，卻完全沒有反映在料理的品質上，所以我想高中便當大概多是冷凍食品吧。這是我最擔心的事，你能接受嗎？反正現在的冷凍食品種類多又好吃，是不用太害怕啦！還有一件事，我不曉得你會不會在意，就是每天的便當菜色應該都會和我一樣……兩個大男生帶一樣的便當，我怕你會介意……」

聽到這番話，我忍不住笑出來。

你真的是喔……找不到適合話語來回應的我，只好假裝笑得很誇張，笑到要擦淚。

「總之，事情就是這樣，你考慮一下吧。」

「哦，嗯。」

＊　＊　＊

那天晚上，我好久沒睡得這麼沉了，一股安心感擴散至身體各處。

還是第一次有外人給我這樣的感覺，我知道這對我的助益有多大。正因為對方並非親人，更覺得彌足珍貴與感謝，他讓我不再那麼徬徨不安。

但另一方面，我知道自己不可能留在這裡念高中，寄宿中原家。我要報考東京的高中，去那裡唸書，這件事變得更明確。

我不是討厭寄宿中原家，只是覺得不可能，但中原所說的那些話，對我來說就很足夠了。或許是因為中原的提議，讓我發現一條安全退路，所以才感到安心吧。

不過自此，我比之前更能靜下心來準備考試，是不爭的事實。

後來我們在學校碰面時，還是像平常那樣笑著打招呼。

那時，我看著他的眼睛，腦中瞬間閃過一個想法：**也許中原明白我的心情，才會對我說那番話吧**。藉由提示我有一條退路，撫平我的焦慮，讓我勇敢面對考試一事。

不過，要是按照中原的提議，留在這裡唸書也是不錯。要是中原的話，的確有可能這麼做。

真是敗給他了。我根本贏不了你啊！完全不行。

等他決定要念哪裡，再問問他吧。不，晚一點再問，還是等時光流轉，我們都長大成人，在哪裡相會時再問，這樣比較好回答吧。

不過，到時他可能會露出始終不變的笑臉說：「有這件事嗎？」。就是有這種感覺。

我翻開複習到一半的題庫集，上頭的筆記比之前多很多。

第四節課

道德

深吸一口氣

先是父親不見了。

父親本來就因為工作的關係不常在家，所以他不在不是什麼稀奇事。但這次是真的不見了，銷聲匿跡。

『不要找我，真的很抱歉。』

這是他傳給母親的手機訊息，明白說出要離開我們。

不清楚他到底是一個人，還是和誰在一起？因為父親常常不老實，所以在外搞女人的可能性很高。總之，不告而別的他又辭去工作。

父親本來就不是那種能長久做一種工作的人，所以每三、四年就會辭掉現在的工作，另謀出路。

這次或許也是這樣，也或許不是。

就在我也搞不清楚父親到底是怎麼一回事時，這次換母親帶男人回家，而且這男的怎麼看都比她年輕。

第四節課　道　德

某天，那個人突然出現在我家飯廳。

「你回來啦！」

他對著剛放學回家的我，一派理所當然地說道。

「喔，我回來了。」

我隨口回應後，腦中浮現一個疑問：**他是誰啊？**

男人彷彿好像從以前就住在這裡似的，坐在父親的位子，一臉無趣地看著傍晚重播的連續劇。

母親抱著換洗衣物，從房間走出來。

「喔，你回來啦。晚餐再等一下，可以嗎？我是要煮咖哩啦，但因為耐不住餓，先吃了些仙貝。」

母親的態度如常，也沒提起男人的事。與其說是刻意不提，不如說是自然掠過這個敏感話題。

「對了，那個人是誰啊？」

我瞅了一眼那男的問道。

「啊，你爸不在了嘛！」

母親彷彿初次發現他坐在那裡似的，喃喃回道。就只是這樣？

「煮好囉！」

過了一會兒，聽到母親的喊叫聲。

「開動了。」

坐在餐桌上的男人很自然地回應，便開始吃著咖哩。他雖然瘦瘦的，吃相卻很豪邁，連旁人也感受到一股爽快感。

「如何？我做的是中辣口味。」

母親問，我正要回應時——

「好吃！果然中辣剛剛好。」

男人插嘴說。

「是喔？太好了。」

母親笑著回道。

「是吧？」

男人突然看向我，我們四目相對，他的眼睛讓人聯想到野生動物。

「蛤？」

「我說咖哩還是中辣最讚。」

「啊，嗯，是啊！」

男人微笑，又豪爽地咀嚼著。

「阿道，要再來一盤嗎？」

母親問男人。

阿道？他是叫道夫還是道弘之類的名字嗎？

「飯少一點，咖哩多一點。」

「好，沒問題。」

母親拿著阿道的盤子，站起來。明明我的盤子先空了。

「啊，我也要。」

我一遞出盤子說。

「啊，已經沒了。」

「蛤？」

「騙人，不會吧！」

三人都笑出來。不對，這種情況下，還笑得出來嗎？總之，咖哩超美味。

這個人從今天開始就是你爸爸哦！我可以把這情形想成連續劇常出現的橋段嗎？事實上，他也很理所當然地坐在父親的老位子。

「那個人到底是誰？為什麼會在我們家？」

我趁他洗澡時，這麼問母親。可想而知，他是第一個洗澡的。

「我們家現在沒男人可倚靠。」

不是有我嗎？我想這麼說。

母親的意思不是沒男人可倚靠，而是沒男人可以相伴吧。太露骨了，一想到自己的母親這麼想，就覺得很不爽，畢竟我正值青春期。

無論是女生還是男生，只要是心思比較敏感的傢伙肯定會抗拒這種事，不是嗎？幸好我不是女孩子，也不是那種有玻璃心的男生。只是覺得……嘖，搞什麼啊！

幸好我很遲鈍，又懶得動腦。沒錯，這是我的缺點也是優點，凡事得過且過，一直以來都是這樣。

總之，我大抵都是以這種態度面對事情，日子倒也過得安穩。我這個性應該是遺傳父母吧。

父母當初好像是因為私奔，輾轉來到這處鄉下地方；但到底是因為什麼緣故，他們始終閉口不談，所以我也不知道。總之，兩人就這樣共組家庭。

畢竟一切都是打破常規，所以兩人共組家庭一事，連親戚、雙方的祖父母都不知道。因此，我們家打從一開始就是螺絲鬆了一根，隨時都會瓦解的家庭。

當初兩人明明是為愛私奔，父親卻總是惹事生非、不回家，母親倒也不怎麼在乎的樣子。兩人在一起時，總是吵架，而且那種只顧眼前、不顧將來的個性還真像。總之，兩個不太愛用腦的人在一起，生下了我。

所以這次我也打算抱著順其自然的態度面對。即便他們就這樣離婚，這男人成了我的繼父也無所謂，這也是沒辦法的事。

雖然這個叫阿道的男人睡在客廳的沙發，母親還是睡在自己的房間，但實際情形怎樣我並不清楚，也極力告訴自己不要多想。

白天母親出門打工時，這男的似乎一直待在家裡。我早上上學時，他還在睡；我回來時，瞧見他坐在父親的位子看電視，然後母親準備晚餐給我們。我們並未熱絡交談，但也不至於鴉雀無聲。男人一點也不顧忌我的存在，一如初次見面時那樣大剌剌的，不但大口扒飯，還第一個洗澡。

約莫一個禮拜後，這次換母親不見了。

我的手機裡只留下『**我暫時離家一陣子**』這樣的簡短訊息，之後就沒有任何聯絡。

母親直到離家前一天都沒什麼異狀，也感覺不出她和男人吵架。

她在附近的便當店打工，幫忙料理配菜。不告而別的前一天，還照常出門打工。隔天早上，她打電話到便當店，告知老闆：**家裡有事，要請假一陣子**。

「她去哪裡了？你不知道嗎？我媽沒說什麼嗎？」

我還是第一次和這男人，阿道，面對面的好好說話。

「沒有，她什麼都沒說。我早上起來只看到這封信，還有裝著錢的信封。」

男人將信和淺咖啡色信封遞給我。這封信確實是母親的字跡，和傳送給我的訊息內容差不多，信封裡塞了應該是生活費的十萬日圓。

「看來，只能等她回來了。」

男人阿道一派悠哉口吻。

也是啦！現在的確也只能這樣了。可是母親到底跑去哪裡了？什麼時候回來？應該不會像父親那樣一去不回吧？

但若真是這樣的話，我該怎麼辦？社福機構會過來關切，將我強行送至收容中心嗎？不，我一個人的話，也許會這樣，但家裡好歹有大人在，應該不會這麼慘吧。

與其被送至收容中心，還不如暫時和這男的一起待在這裡等母親回來。

於是，我和來歷不明的男人便開始同居生活。

冷靜想想，還真是令人匪夷所思。但這時我又發揮「凡事得過且過」的特質，就這樣順其自然了。

總之，先看著辦，等到真的不行了，再想辦法。抱著船到橋頭自然直的心態，就我一路走來的經驗，很多事往往只能盡人事，聽天命。我再次深刻感受到自己果然是他們的孩子。

事實上，這男人，阿道的存在對我助益頗多。

母親在的時候，他總是睡到很晚，也不會幫忙張羅三餐什麼的；但自從母親離家後，他不但早起做早餐，連晚餐也一手包辦。

而且令人詫異的是，他的廚藝還真不賴。早上兩三下便做出和外面賣的那種表面光滑，顏色美麗的歐姆蛋，還會包餃子、做漢堡肉，好吃到讓人豎起大拇指。

「好好吃喔。」

我坦率表達感想。

「要是連這一點事都不會，還當什麼小白臉啊！」

他乾脆回道。看他面無表情地說，應該不是在開玩笑。

小白臉。所以你真的是為了當小白臉，才纏上我媽的嗎？

「呃，你和我媽是在哪裡認識的？」

「她在路上撿到我。」

「蛤？」

「我倒在路上，她把我撿回來。」

原來如此，所以才叫你阿道啊……我可以這麼解讀嗎？

因為我有一種再追問下去，可能會問出身為兒子不想聽到的事的預感，所以就此打住。但仔細一瞧，阿道長得頗端正，個頭高，手長腳長，的確夠資格當小白臉。

阿道做其他家事也很在行，不但洗衣服會使用衣物柔軟精，還會先稍微手洗一下襪子和襯衫衣領，才扔進洗衣機，也會用熨斗燙平襯衫，然後摺得像是擺在商店裡展示的衣服般整齊漂亮。他利用我上學這段時間清掃家裡，打掃得比母親還乾淨。

這就是徹底發揮小白臉的本領嗎？真的有這種事嗎？總之，我每天都過得更安穩、更舒適。

我也不是沒想過這樣下去好嗎？

某天，因為考試迫近，我正在複習最棘手的數學時，遇到怎麼想也想不出個所以然的題目。我試著查閱參考書，還是沒辦法完全理解。為什麼這裡會變成這樣呢？這時找個人問一下是最快的方法，而且往往一問，就能馬上恍然大悟，找到單憑自己永遠也想不到的解題要點。

如果問阿道呢？雖然他看起來不是很會唸書的樣子，但人不可貌相，搞不好他擁有高學歷，所以我決定問問看。

阿道正在廚房清洗東西，碗盤整齊地排放在餐具籃裡。

母親都是將洗好的碗盤愈疊愈高，所以隨時都有可能崩塌，等到下一次要用時，就得像玩抽鬼牌遊戲般，必須輕輕取出要用的餐具；無奈往往隨著一聲山崩地裂的巨響，碗盤摔碎。

「可以問你一件事嗎？」

「嗯，什麼事？」

阿道停下手邊的工作，回頭看我。

「關於數學題。」

「學校功課嗎？我沒辦法教你啦！尤其是數學。」

果然啊……算了，反正我本來就不抱什麼期待。

「那……阿道先生唸書時，最擅長的科目是什麼？」

「嗯……都不怎麼樣，不過勉強稱得上擅長的，大概是道德吧。」

「道德？是指那個道德嗎？」

「是啊！講述人生道理的道德。」

明明是小白臉，又在這般不可告人的情況下，這兩個字虧他還說得出口。

「道德嗎？印象中好像沒好好上過這堂課吔。不是被挪去練習音樂會，就是準備運動會之類的。」

「你在說什麼啊！道德可是一門正式的課，也會打分數的。這世間總算發現道德有多重要，是人們應該好好學習的一門學問。」

說話口氣總是溫溫的阿道，難得如此激動。

「是喔。那⋯⋯可以請教最擅長道德這一科的阿道先生，有哪一堂道德課讓你印象深刻嗎？」

「只要還能呼吸就沒事。」

「蛤？」

「小學上道德課時，班導告訴我們的。這是土耳其的諺語：『**無論面對多麼絕望、多麼慘的情況，只要還能呼吸就沒事**』。」

「這不是很一般的事嗎？人當然要呼吸啊！」

「不一樣喔！當你被活埋、被蓋布袋時，就無法呼吸啦！」

「是沒錯啦！但這是電影、小說才會出現的情節吧。」

「正因為是現實中會發生的事，才會變成電影和小說。一旦陷入無法呼吸的狀況，才察覺能夠呼吸是多麼謝天謝地的事，那就太遲了。人要是無法呼吸，一切就結束了。所以只要還能呼吸，只要還有一口氣在就沒事。」

「可是這種事情極少發生，不是嗎？」

只見阿道的神情突然變得陰鬱。

「日常生活很容易瞬間就被奪走的，只是自己沒察覺到罷了。其實不管是誰，身旁都開著一個很大的黑洞。」

阿道看著我，吐出最後這句話時，那眼神像是在盯著什麼東西。

＊　＊　＊

考完試後，因為週日有田徑隊比賽，所以我去了隔壁城鎮的中學。

我坐在中原旁邊打開便當，準備吃午餐。

中原早上輕輕鬆鬆通過一百公尺短跑預賽，參加跳遠項目的我也勉強通過預賽。

「哦，今天的便當看起來好好吃喔！」

中原瞧著我的便當，這麼說。

便當裡有照燒雞、檸檬口味的燉煮地瓜、涼拌青椒、玉子燒等菜餚。

「是喔？」

「是啊！雖然沒什麼特別，但一看就知道挺費工的，和我媽做的便當完全不一樣。我媽廚藝很差，都是用冷凍食品充數。你媽真的好厲害喔！」

「這不是我媽做的。」

「咦，那是誰做的啊？誰啊？該不會是女朋友做的？」

「拜託，才不是哩！是男生做的啦！」

「不會吧？你該不會是那個吧？」

「怎麼可能！其實啊……」

不知為何，一回神，發現自己很自然地將來龍去脈一一告訴了中原。也許因為是中原，我才想說出來吧。

「這樣不是很傷腦筋嗎？和來歷不明的陌生人一起住，不覺得很恐怖嗎？」

「他不是什麼壞人啦！也把家事打理得很好。」

「不對、不對，話不是這麼說。」

「啊！」

還真是說曹操，曹操就到。瞥見話題本尊阿道正緩緩走過校園，朝我們這裡走來。

「我聽說是在這裡比賽，想說過來看一下。」

是的，他就是能蠻不在乎笑著這麼說的人。

「啊，嗯，謝謝。」

覺得腦子瞬間麻痺。老爸、老媽從沒來看過我比賽。

交相看著我們的中原，好像想說些什麼，最後只是露出一抹曖昧的笑。

週一午休，中原走了過來。

「昨天辛苦了。」

「中原，恭喜你拿冠軍。」

我沒有晉級準決賽，中原則是以刷新大會紀錄的優異成績，勇奪百公尺短跑冠軍。他哥也曾是備受期待的田徑選手，看來中原也遺傳到了。

「對了，昨天來看你比賽，就是和松尾你同居的那個人。」

「喔，你是說阿道先生？」

「那個人真的沒問題嗎？」

「什麼意思？」

「我的意思是，那個人能相信嗎？」

我一時語塞。因為還來不及想這問題，就已經變成這樣了，其實應該在成定局之前，好好深思才對。

還不都是因為我這種嫌麻煩、凡事得過且過的個性，才會招致這種事。

「總覺得那個人背景不單純。」

「是喔？」

「和那種人生活在同一個屋簷下，你不覺得很危險嗎？」

「什麼意思？」

「不能因為對方是男的就輕忽了。不對，搞不好更危險。」

「咦？你在說什麼啊？你是說阿道可能是Gay？怎麼可能啊！他可是個小白臉吔。」

這絕對不是能夠堂堂說出口的話。不管是Gay還是小白臉，要是被女生聽到我們午休時間在聊這話題就糟了。

「不能這麼輕忽大意啦！他也可能是雙性戀者啊！就算不是這樣好了。你媽真的是跑去哪裡了嗎？」

「蛤？什麼意思？」

「我只是舉例而已啦。像是其實你媽媽根本不是去了哪裡，而是早就被那男的……」

中原話到嘴邊又吞了回去。

「什麼意思？你說清楚啊！」

「像是被殺了，埋在哪裡之類的。」

「蛤？你到底在說什麼啦？」

「我之前看的電影就是這麼演的啊！為了謀奪家產，起初是女主人和小王一起謀害親夫，後來小王背叛女主人，殺了她，獨吞家產，甚至連孩子也不放過喔！」

「你秀逗了啦！我看你是看太多驚悚劇了，怎麼可能有這種事啊？第一，我家根本沒什麼家產，連房子也是用租的，所以殺了我一點好處也沒有。啊，我知道了，你那個在寫小說的青梅竹馬，叫三木明日香，是吧？你是受那傢伙影響嗎？該不會也在寫小說吧？」

我本來想縱聲大笑，但中原的神情異常嚴肅。

「安啦！謝謝你的關心，但你真的想歪了。」

那天晚上，不知是不是因為下雨的關係，這時期居然有些涼意。

就在我難得輾轉難眠時，房門開啟。咦？是阿道……先生嗎？

雖然背對著房門，但我就算不看也感覺得到，有人走了進來，站在床旁邊，俯視著我。

我不自覺地全身緊繃。總之，裝睡、裝睡就對了。

只見阿道先生坐在我身旁，伸手按著我身上的棉被。

咦、咦？怎麼回事？不會吧、不會吧？我現在有種超不妙的感覺！情況超不妙，危險程度破錶。

我回想起中原的話：**不能這麼輕忽大意啦！他也可能是雙性戀者啊！**

怎、怎麼辦？我，該、該不會被那個吧？

阿道先生幫我把棉被拉至脖子，重新蓋好，他的手指碰觸到我的喉嚨。

啊，難不成……又想起中原的話：連小孩也不放過哦！

天啊！我會被殺嗎？不是被那個？而是被殺嗎？

媽呀！超慘！他會對我下哪一種毒手啊？我看兩種都會吧！

呼吸、呼吸，沒錯，只要還能呼吸就沒事。

等等，這是誰教我的啊？不就是這個人嗎？

怎麼辦？要假裝迎合他嗎？還是一口氣反擊？論輸贏，應該是五五波吧。

但過了一會兒，還是什麼事都沒發生。

我力求自然地翻身，戰戰兢兢地試著睜眼，視線剛好和躺在我身旁的阿道撞個正著。小小燈泡下，漆黑眼瞳濕潤潤的。

「對不起，吵醒你嗎？」

阿道先生邊擤鼻涕，邊問。

「沒啦，我還沒睡。」

「對不起，只要今晚就行了，我可以睡在這裡嗎？要是沒聽到別人的鼻息聲，我就會睡不著，感覺會被黑暗壓垮似的，怎麼樣也不想一個人。對不起，只要今晚就行了。」

有人會拒絕如此叫人心酸的懇求嗎？

「當然可以啊！但你不冷嗎？」

我拉了一半的毛毯蓋在他身上。

「謝謝。」

阿道先生像個嬰兒似的蜷縮在毛毯裡，過了一會兒，便傳來安穩鼻息聲，眼角還積著淚水。我還是第一次看見哭到睡著的大人。

聽著他的鼻息聲，我也睡意襲身。

隔天早上，瞥見中原站在鞋櫃那裡，我衝上前按住他的肩頭。

「中原，都是你說了奇怪的話啦！害我昨天晚上超慘的，累死我了。」

「蛤？怎麼回事啊？」

就算他再怎麼問，我這次絕口不提，因為怕又被誤導，煩死了。

＊＊＊

社團活動結束後，回到家的我瞧見玄關有個人影，家裡難得有訪客。

「我回來了。」

「哎呀，你回來啦！小圭，好久不見喔！你又長高啦？」

她是和母親一起在便當店打工的林媽媽，約莫五十歲左右，身材圓滾的歐巴桑。一旁的阿道先生提著大紙袋。

「我把店裡剩下的配菜裝一裝，拿來給你們。聽店長說，史惠要暫時休息一陣子。不曉得她怎麼樣了，擔心她是不是身體不舒服。她這幾天到底跑哪去啦？對了，聽說現在是這位親戚在照顧你，我真是嚇了一跳呢！因為她說當初為了和你爸私奔，不但和老家斷絕聯絡，也完全沒和親戚往來。」

母親竟然對這個人說了這麼多。

「啊，只是上個月偶然遇到我、我堂哥阿道，就這樣又聯絡上了。」

「哦，偶然遇到啊！在哪裡？」

「呃，在、在哪裡啊？我忘了。」

「不是才上個月的事嗎？」

這位歐巴桑猛攻。慘了，她起疑了。

雖然阿道先生不發一語，但至少沒幫倒忙，因為要是我們的說詞兜不攏，事態就更不妙。

只見這位歐巴桑皺眉，一臉狐疑，交相看著我們。

「啊，我今天的作業很多。謝謝您送吃的來。」

我微笑道謝，歐巴桑卻不悅地撇著嘴。

隔天放學後，我被班導矢崎老師叫到辦公室。

「松尾，你家是不是出了什麼狀況啊？」

我嚇一跳，家裡也不是第一次出狀況了，只是這次比較特別。

「聽說你爸媽都不在家？」

「嗯，是的。」

看來學校果然不能無視未成年人身邊沒有監護人一事吧。

「今天上午接到地方政府單位打來的電話，他們說你爸媽都不在家，你和一個成年男子住在一起。」

「喔，他是我媽的朋友。我媽不在這段期間，委託他照顧我。」

「朋友？不是親戚嗎？」

慘了，我不由得咬著下唇。

「總之，你從今天起住我那裡。我會和你媽媽的朋友當面溝通，還有一些事要確認，畢竟要是發生什麼事就太遲了。」

發生什麼事？

「看情形，也會聯絡兒福那邊。」

兒福？是指兒福機構？怎麼辦，這下子不是懷疑我們兩個男人有曖昧關係，而是朝向更棘手的事態發展。

疑似誘拐未成年者。就算出於好心救助，但沒有馬上聯絡警方，而是將未成年者帶回家就會遭到逮捕，是吧？

我的情形則是會被指責母親離家時，應該向學校或兒福機構尋求協助囉？問題是，母親知道也同意啊。

可是阿道先生怎麼看都不像身分清白的大人，也沒有在工作的樣子。換句話說，他沒有固定住所、職業不詳，怎麼看都不適合當未成年者的監護人，不難想像老師要是和他碰面的話，事情肯定變得更糟。

我和矢崎老師一起走出了校門。

在回家路上，我絞盡腦汁地想著如何辯解，卻想不出半個好點子，只能祈禱我和阿道先生能夠口徑一致。

我深吸一口氣，緩緩吐出。好，沒事，我還能呼吸。

就在我準備深吸一口氣時，瞬間屏息。因為阿道先生出現在我面前，他一隻手插進褲袋，一副吊兒郎噹樣地朝這邊走來。

怎麼辦？明明想盡量拖延這個最糟的情況。

因為就這麼一條路，也沒辦法改變行進方向。不對，這麼做反而會起疑。

阿道先生愣怔地看著我們。他察覺到了嗎？沒看他戴過眼鏡，視力應該不差吧。他會主動打招呼嗎？還是一如往常，像我們初次見面時那樣，對我說：

「你回來了。」

阿道先生直視著前方。

快逃。為了不被一旁的老師察覺，我不發出聲音地動著嘴。

快、逃。我再次無聲地動著嘴。

但我這麼做的同時，察覺到以現在的情形來看，要是他背對我們逃走，我這邊的情況反而更糟。

沒想到阿道先生不動聲色，也沒有加快腳步，與我們擦身而過。他沒有看向我，我也忍住想要回頭的衝動。

回到家，當然沒人在。

「是出去了嗎？」

「好像是吧。」

我讓老師在客廳等著。阿道先生大概多久會回來？祈禱他盡量在外頭多耗一點時間，可是買個東西應該也不需要太久吧。

不過那時他看到我們，卻沒有叫我，應該是察覺到什麼吧。所以他短時間內不會回來囉？我一邊和老師閒聊，一邊不露聲色地擔心不已。

約莫一個小時後，玄關那裡傳來用力開門聲。太早回來了啦！阿道先生。

我冷汗頻冒，沒想到探頭出來的是母親。

「不好意思，老師，讓您久等了。」

母親瞅了一眼頓時啞然的我，然後若無其事似的，親切地和老師打招呼。

「我娘家的母親前陣子身體不太好，所以我回去照顧她。」

娘家的母親？

「原來是這樣啊！真是辛苦了。您母親好多了嗎？」

「託您的福，好多了。畢竟上了年紀，難免都會這樣。」

還真敢說，明明和娘家斷絕聯絡。

不過，這就是母親平常的模樣，能夠一根眉毛也不動地收拾殘局。

「我不在家的時候，拜託遠房親戚的兒子過來看顧一下，果然引起誤會，所以我提早趕回來。」

「原來是遠房親戚啊！」

老師緩緩頷首。

「不過我不在的這段期間，兩人好像相處得還不錯呢！太好了，我就放心了。」

母親微笑地看向我，那笑容絲毫沒有任何愧疚感。

老師離開後，我問母親怎麼會碰巧這時候回來。

「阿道聯絡我的啊！說什麼有緊急狀況。」

什麼嘛！原來兩人都有聯絡，明明不理會我的mail和電話。

「阿道先生呢？他現在人在哪裡？」

「這個嘛，我也不知道。他是有帶著別人不要的手機，可是完全聯絡不上。不過啊，那孩子管錢可是很有一套呢！你看，每一筆支出都記得很清楚。」

母親攤開本子，上面貼著每天買東西的收據，還有生活費的支出明細與餘額，母親留下的淺咖啡色信封裡，裝著本子上記載的餘額也一毛不差。

「不虧是道德君啊！」

「道德君？」

「那孩子的本名叫MITINORI，寫成漢字就是『道德』，所以從小就被取了『道德君』的綽號。很好笑吧！完全敗給這名字。」

「是、是喔！」

「你不曉得嗎？你們不是在一起超過十天嗎？不然你們都在聊什麼啊？」

被母親這麼一問，對喔，我們都聊些什麼呢？明明連他的名字都不知道。

「只要還能呼吸就沒事……我們就是聊這事吧。」

「什麼意思啊？」

這次換我露出別有深意的微笑，看著微偏著頭一臉疑惑的母親。

「對了，你爸啊，不會回來了。我們這次是徹底結束了。」

母親一副順便告知的口氣。

莫非她是去找不告而別的老公，想要勸他回來嗎？他們果然會離婚嗎？若是這樣的話，我們家的生計沒問題嗎？只靠母親那份微薄薪資真的能過活嗎？看來我沒辦法念私立高中了吧。

深吸一口氣，吐氣。沒事，還能呼吸。

無論是我、母親，父親大概也是吧。還有阿道、道德先生。

總覺得將來也許還能見到父親，但不知為何，有一種再也見不到阿道先生的預感。想起黑暗中，他那濕潤潤的眼瞳。

雖然母親說他敗給這名字，我倒不這麼認為，至少對我來說，他留給我一項人生指標。

就像遙遠的星辰，哪怕只是閃爍著微弱的光，也確實在那裡，為我指引著方向。

我再次盡量緩緩地深吸一口氣。

午休

孤獨之友

有位知名女作家曾說：讀書是少數就算一個人做，也不會看起來很淒涼的行為。

沒錯，我也是這麼想。

我不討厭閱讀，但也不至於喜歡到無可救藥的地步。只是我能選擇的路，就這麼一條。

為了渡過孤單的午休時間。

我午休時間都在看書，被視為愛書少女，多少為了保全自己的顏面。

我並非沒有朋友，也不是和同學們處不來，只是比起其他事，我更喜歡閱讀，所以即便是休息時間，我也想將每分每秒都用來看書。

是啊！根本就是愛書成癡，是吧？所以別管我，我這樣很幸福。

為了讓這念頭從全身浸透、傳達出來，我怎麼樣都要假裝看得很入迷。

其實，我很在意從教室各處傳來的小團體交談聲。整個人化成一只耳朵，活脫脫就是這樣的感覺。雖然視線落在書頁上，意識卻集中在那些小團體的交談。偶像劇、數學習題、模仿老師的怪癖、社團活動、什麼時候要交作業，話題包羅萬象，聊得很開心的樣子。

我模擬著自己要是參與其中，應該會這麼回答吧。想像自己是個話雖然少，卻能切中要點，說出讓別人覺得「很厲害」的答案；不時還要不經意迸出饒富深意的話，堪稱團體中的核心人物。

但其實我只會躲在大家後面，臉上掛著曖昧笑容，一邊想著：**說啊、快說啊**！卻又擔心大家會怎麼想？擔心要是把場子搞冷了，怎麼辦？甚至在我猶豫不決時，別人已經換了別的話題，待我回神時，午休時間結束了，結果一句話都沒講的我，只是像個笨蛋微笑著，愣愣地站在那裡而已。我無法忍受這樣的自己。

我知道這就叫自我感覺良好。

希望別人看到我最好的一面，希望別人覺得我是個口才好、善解人意、聰明又獨特的人。無視與現實差距多大，我的這個念頭就是如此強烈。

可是一想到自己要是說了什麼蠢話，或是踩到誰的地雷，只會惹來眾人恥笑，就會忍不住踩煞車，遲遲不敢跨出一步。

總之，我就是虛榮心作祟，只想讓別人看到自己最好的一面，討厭被別人恥笑。明明想成為矚目焦點，卻又死要面子，十足是個惹人厭的傢伙。

想這種事，只會把自己搞得很累。既然如此，乾脆躲得遠遠的還比較好。成了化外之人，心情也比較輕鬆。

不只團體，兩個人交談時也是如此。

對方會怎麼看待我說的話？我有清楚傳達自己的意思嗎？對方會不會覺得

我說的話很無聊？難道我不能表達得更好、更有趣嗎？滿腦子都在想這種事。

雖然讓對方愉快也是一種服務精神，卻會加深想讓對方覺得自己很有魅力的念頭。

總之，我就是個如此麻煩的傢伙，才會交不到朋友。

是的，我沒有朋友，而且一直都是如此。在學校是有遇見時打招呼、稍微交談幾句的對象，但都稱不上是朋友。

我沒有朋友，需要花點時間承認這個事實。

「希望你們都能交到很多朋友！」

小學入學典禮上，校長致詞時這麼說。

有很多朋友是件好事，一點也沒錯。

雖說如此，要是連一個朋友也交不到，又該如何是好？

「學校是交朋友的地方。」

老師也這麼說。

如此一來，反而形成一種無論如何都得交朋友的壓力。

在應該交得到朋友的地方，卻交不到朋友，就像在巧克力工廠，卻無法做巧克力，不就毫無意義了嗎？甚至讓人萌生如此強迫性質的觀念。

無奈小學六年來，我交不到朋友。當時同學之間流行開生日趴，我從沒受邀過，也沒邀請過誰。我是三月出生，想說邀請曾經邀請我參加生日趴的人，卻沒半個人。

我不是討厭和別人打成一片，也絲毫不覺得當一匹孤狼有多酷，純粹只是因為我沒什麼吸引別人的魅力，所以沒有人想搭理我。

孤獨一點也不酷，也不是我自己想要的，只是迫於無奈，我成了孤單一人。

倘若我是美少女，或許還會被認定是孤傲美少女。可惜我不是，只是一個孤獨少女。孤獨少女的將來就是孤獨中年女、孤獨老人，最後的終點就是孤獨死吧。

我這年紀應該沒人會思考孤獨死一事，但對我來說，這是頗現實的問題。畢竟連朋友都交不到，結婚什麼的也是遙不可及的夢。雖然我這麼想，卻又覺得好像也不能這麼說。

以我父母為例。他們也沒半個朋友，而且兩人好像從小就是這樣，是在就讀同一所醫療類專門學校時候認識的。說是孤獨少年與孤獨少女的靈魂互相吸引當然比較好聽，但其實就是同病相憐的兩個人勉強湊在一起吧。

父親是上班族，母親在整脊院打工，兩人在職場上都沒有可以稱為朋友的人。沒聽他們提過朋友的事，也不曾和朋友一起去吃飯喝酒，當然我家也從來沒有訪客。大家常說的「**學生時代的朋友**」，連半個也沒有，所以完全感受不到孔老夫子說的：「**有朋自遠方來，不亦樂乎。**」基本上，只有郵差、送報員和水電瓦斯費檢測員會造訪我家。

對他們來說，沒有朋友這件事倒也沒什麼好丟臉。

父親的小學畢業紀念冊上，雖然有和好朋友合照的那一頁，上頭卻只有一張父親和老師的合照，他說沒有人要和他一起拍照。不過，父親說因為只有兩個人，所以能拍全身照也不錯，看來十分享受孤獨的他已經是箇中高手了。

母親則是婚禮時，只有家人親戚出席，沒有半個朋友打電話來祝賀她，因此只好捏造朋友的名字，來個自導自演，打電話給自己。

「自己來還比較輕鬆呢！要是收到祝賀，還得想要怎麼回禮，麻煩死了。所以不邀請任何人參加婚禮，也不參加別人的婚禮，這樣多好啊！」

母親發自內心這麼說。

兩人都是經過千錘百鍊的「孤獨高手」，而我無疑是孤獨乘以孤獨，也就是最純粹的孤獨產物。雖說負負得正，但我家的情況是，負負只會產生更巨大的負。

這樣的我怎麼可能交到朋友。總之，我們全家都沒有朋友。

賀年卡是最能如實陳述「孤獨」這件事的東西。

我家除了會收到眼鏡店等商家寄來的商用賀年卡以外，沒收過一張賀年卡。少到甚至讓快遞先生寄予同情，擔心我們家是不是出了什麼事。

我有個關於賀年卡的痛苦回憶——

小學低年級時的我，還有想交朋友的慾望，所以卯起來寫賀年卡給全班所有女同學，沒想到元旦那天沒收到半張回禮。我在學校至少還有個玩伴，也視她為朋友，因為放寒假前，她說：「**昨天收到朋友寄來的賀年卡。**」所以我努力寫了張賀年卡寄給她，卻遲遲沒收到她的回信。原來我不是她的朋友這事實，在新年的第一天就重重打擊了我。

想說其他人可能抱著「**有收到的話，就回寄給對方**」的心態，所以我多少懷著期待，結果一張也沒收到。

開學後，有幾位同學跟我說：「**謝謝妳寄來的賀年卡，不巧我家的賀年卡都用完了。不好意思啦！**」有些人則是當作沒這回事。

這件事讓我明白自己在別人心目中的分量，原來我被歸類為就算收到賀年卡也不必回禮，如此對待也沒關係的人。

我覺得賀年卡剛好用完只是個藉口，倘若真是如此、如果真的很在乎對方，哪怕是半夜、假日、就算敲壞郵局的門，也會想辦法買張賀年卡寄給對方，甚至直接拿給對方。

但我不是會讓他們這麼做的人，是個可有可無的存在，是徹底被忽略的。

從此，我不再寄賀年卡給任何人，這是我保護自己的方法，不想再被恣意傷害了。

曾在電視上看到演藝人員宣布喜訊的記者會，成為新嫁娘的女明星說：

「我希望打造一個總是有很多朋友來訪的快樂家庭。」

我家可說是對照組，彷彿四周張著結界，沒人靠近也沒有人會來訪的家。父母和自己的原生家庭十分疏遠，幾乎沒聯絡，也不和親戚往來。反正他們一點也不在乎，搞不好還樂得輕鬆。

他們這樣的處事態度，強化了我的心，最親近的人成了我的仿效對象。就算沒有朋友，和親戚不相往來，還是能結婚、工作、生活。父母無疑是我的一線希望。

＊　＊　＊

我試著環視教室，有個和我一樣孤獨的男子，坪田。

他總是獨自坐在位子上看書、寫功課，倒不是遭到排擠，他成績也不錯，聽說要報考東京的高中。

雖然現在沒有兩個孤獨的靈魂相互吸引的預兆，但沒關係。

沒有坪田同學陪伴也無所謂，反正上了高中、大學之後，大概有很多像他這樣的男生，我只要慢慢接近他們就行了。這麼一來，就能像我的父母一樣，避免孤獨死吧。

但是我討厭自己看起來很孤單、淒涼。問題是，我很容易和孤伶伶、淒涼這些詞劃上等號。

所以我想到一個對策，那就是裝成文藝少女。只要醞釀出喜愛孤獨的氛圍就盡善盡美了，我還為此剪了個妹妹頭，給人舊時代文藝少女的印象。

只能說時機剛好吧，我假裝很愛讀書的時候，視力真的變差，必須戴眼鏡，而眼鏡這個小道具讓我看起來更像文藝少女。這就是我的生存之道。

想當然爾，我參加的社團是文藝部，還當上負責管理圖書的幹部。雖然老師說每年都要輪替，好讓我們學習各種事，但我已經連續兩年死守這個位子。圖書幹部是文藝少女的必備要件，怎能輕易捨棄？我還向管理圖書館的老師學了一點圖書館管理學。

那天午休，幹部會有活動，我在圖書館整理書櫃。

就在我確認標籤時，聽到有人喊了一聲「**山下同學**」，回頭一看，瞧見中原站在書櫃旁。

「啊，什麼事？」

我的心噗通噗通跳。我們雖然同班，卻幾乎沒交談過。

既是田徑隊的王牌選手，成績又好的中原，當然迷倒了不少女生。對於連個同性朋友也沒有的我來說，簡直是遙不可及的存在，而且還是第一次有人叫我的名字。

「打擾妳工作，不好意思啦！可以請妳推薦幾本書嗎？我家剛好有人很閒，是男的啦。碰巧有點事，所以無法出門，想說借幾本書給他打發時間。」

男的？無法出門？是你爺爺嗎？生病了嗎？總覺得問這些有點冒昧。

「他有什麼興趣嗎？」

「嗯……他好像蠻喜歡歷史之類的吧，日本史好像是他最擅長的科目。」

應該是在講爺爺學生時代的事吧。

「是喔，那就是歷史類囉。不過，我對這一類的書不是很清楚，若是時代小說的話，倒還看過幾本。」

「咦？原來歷史小說和時代小說不一樣啊！不虧是圖書幹部。」

中原微笑說道。

面對他對著我一個人展露笑容的這個事實，沒想到有點頭暈的我居然還能和他一問一答。

「啊，不過，其實也沒有很清楚的界定。要說兼具兩種類型的話，這本應該不錯吧。」

我拿起剛好擺在身旁書櫃上，山本周五郎的《殘留的樅木》*。

「呃……這怎麼唸啊？縱？」

「唸成『ㄘㄨㄥ』，殘留的『樅』木。」

「哇，還分上下集呢！分量剛好夠他打發時間。」

「只是不曉得他會不會覺得有趣就是了。我看了是覺得非常感動。」

「既然山下同學都這麼說了，肯定好看。如果說是我推薦的，可能一點說服力也沒有。但說是喜歡閱讀的朋友推薦，他肯定會有興趣。真是太好了，謝啦！」

＊注：山本周五郎，日本文學直木賞作者。其作品《樅の木は殘った》獲選每日出版文化賞。

中原笑著說完，便拿著書走向櫃臺。

我望著他的背影，腦子有點混亂。咦？他剛才說什麼？朋友？朋友？他剛才的確說了朋友，沒錯吧？我的腦子好混亂，無法順利處理情報。

但中原的確稱呼我是「朋友」，也許他是很自然地迸出這句話，沒有什麼特別意思。沒錯，極有可能是這樣。

我竟然為了這種事興奮成這樣，還胡思亂想，真的太奇怪了。

雖然我知道自己想太多，但這是第一次有人看著我，說我是朋友。

也許他馬上就忘了吧。回到家，不對，出了圖書館之後就忘了自己說過的話吧。但我會一直、一直記得，搞不好還會不時回想。

我想起國中入學典禮上，校長講過的話。

「當一個人臨終之際，回顧自己的一生時，會覺得『啊啊——，那天真是美好啊！一點烏雲也沒有，最棒的一天』的日子，一輩子頂多四、五天而已。如果活了八十年，其中有四、五天是這樣的日子，或許其中一天就是發生在國中這三年的歲月裡。」

這是在充滿希望的入學典禮上該說的話嗎？老實說，當時我是這麼想。但現在的我切實感受到，有個東西迫近胸口。

若是這樣的話，對我來說，最棒的一天絕對是今天。感覺國中這三年，因為這樣的日子已經到來，所以之後會變得如何都不重要了。

我死的時候一定會想起今天的事吧。就算嫁的是和我一樣孤獨，像坪田那樣的男孩子，我臨終時想起來的，肯定是中原說的那番話和笑容。

我像個笨蛋，不，我一定是笨蛋。不知為何，真的好想哭。

圖書館的窗外，梧桐樹葉子迎風搖曳。看著這般光景，感覺胃一帶有什麼在蠢動。

就在心緒不寧的情況下，下午的課不知不覺結束了，轉眼已是放學時間。

我步出校門，好想走不同於平常的另一條路。

那是沿著河岸的一條路。草兒隨著傍晚的風搖曳，鑲上金邊的雲朵閃耀生輝，這是我至今從未見過的美麗雲朵。

我想告訴別人，這朵雲有多麼美麗。

這念頭很強烈，近似祈求。可是，要向誰說呢？

也許變得無法忍受孤獨，就是這樣的瞬間吧。

有種想大喊什麼的衝動。有點憎恨因為一點小事，而騷亂人心的中原。

我粗暴地拔起腳邊的雜草，代替吼叫似的拋向空中。

嗅到綠得有些殘酷的青草香。

第五・六節課

體育

櫻花樹下

世上若無體育課，我的心就不會如此煩悶吧。（歌詠者 星野茜）

我對體育課感到棘手的程度，就像這首和歌。

不，應該說已經到了憎恨的地步。

啊啊……真的，要是這世上沒有體育課的話，我的心該有多平靜啊！

不，有也不是什麼壞事。畢竟動動身體有不少好處，只要在和我無關的地方活動就好。

沒錯，想動的人動就行了，難道不能這樣嗎？

如果我當上總理大臣，一定頒布這樣的法令。但因為可能性是零，所以我還是專注眼前的事，別逃避現實吧。

我的情形並非運動神經好不好的問題，而是天生就缺乏。

如果運動神經不好的話，或許還可以靠努力逐步改善；但要是完全沒有的話，就像沒有翅膀的東西想翱翔天際，無疑是天方夜譚。

我能做的只有基本動作，走、站、坐，就這樣而已，身上沒有配備跑得很快、跳得很高的特殊機能。以家電為例，有非常便宜、設計簡單的東西，它能做的事不多，也沒有高階功能。

無奈大家無法理解這一點，一心想著只要努力便能克服。

好比賽跑，明明我用盡全副心神，傾盡全力地跑；但看在旁人眼中，我大概跑得比烏龜還慢，還一副愛跑不跑的樣子，所以旁人總是衝著我喊：「再努力一點啊！」、「要全力以赴啊！」

拜託，我真的有全力以赴啊！為什麼你們就是無法理解？

我的身高也讓我很困擾。

「妳有打籃球或排球嗎？」

大人光是看我的個子，就會隨口理所當然地這樣問道。

當我回答「沒有」時，他們就會一臉吃驚樣。

「為什麼？」

為什麼？我才想問為什麼哩！為什麼「高個子＝打籃球或排球」呢？未免也太可笑了吧。

對我來說，這身高也是個災難，只會給我找麻煩。

班上有個長得嬌小可愛，名叫淺岡紗英的女孩，明明已經國二了，看起來卻像小學三年級，那張娃娃臉很惹人憐愛。她無論是跑還是跳，都是一副拚盡全力的模樣，看起來就是非常努力，任誰都想打從心底幫她加油。事實上，她每次跑完長距離比賽時，無關名次，眾人都會感動得鼓掌。

反觀我就算和她做一樣的事，拿到同樣名次，往往只會招來「慢死了」、「笨手笨腳」、「丟臉」等批評，實在沒道理。

上了國中，第一堂體育課是團體行動。

我完全不曉得這麼做有何意義可言。「注意」、「向前看齊」、「稍息」、「向右轉」、「向後轉」等，如此充滿威嚴、命令的口吻，這是在搞什麼啊？大家卻都沒反抗，還真是不可思議。

配合口令做著同樣動作，讓人聯想到軍隊、強權國家，不禁有點膽寒。

就算不喊「稍息」，我也很想休息，明明不想轉，但一喊「向右轉」就得照做；所以就算喊「稍息」，這種情況下也不可能真正休息。

無奈體育課一定會做這些動作，而且不管小學還是國中，體育老師都會說：「這是體育課的基礎課程。」還會說：「這不算是運動，也和運動神經無關，任誰都做得來。」

問題是，就是有人做不來這個「**任誰都做得來**」的動作。難道就不能試著體諒一下這種人的心情嗎？

也許你想說這些動作都很簡單啊！但這麼說，感覺並不是在鼓勵做不來的人，而是輕蔑對方怎麼連這麼簡單的動作都不會。對體育老師來說，恐怕不相信有人居然不會做這動作吧。

我覺得這種態度很傲慢，希望你們能明白就是有人做不來任何人都能輕鬆做到的事。

隨著「向右轉」這聲口令，大家都很輕鬆地做著同樣的動作。我也很想這樣，但就是做不來。

向右轉！只有我一個人轉錯方向，很像在搞笑；但我絕對不是在開玩笑，也沒有故意反抗的意思。我也想和大家做出一樣的動作，但為什麼會變成這樣呢？不管我做多少次。

「用右腳的腳後跟和左腳腳尖，向右轉。然後抬起右腳腳尖，提起左腳腳後跟，左腳往前和右腳併攏就行了。」

被老師這麼一說，這次我被這番話給縛束。

「呃……用右腳的腳後跟？左腳的腳尖？」

我更加混亂了。雖然老師一邊說明，一邊示範給我看，但看的時候，心想：**原來如此！**自己要做的時候又做不來。

我也不曉得該怎麼辦。最後老師只好「抓著我的手和腳」教我怎麼做，無奈我的腳就是不聽使喚。

這傢伙很誇張吔！怎麼會笨拙成這樣啊！因為怎麼做都做不來，周遭逐漸形成這樣的氛圍。

只能說，這世上真的有缺乏運動神經的傢伙。

從幼稚園時代開始，運動會無疑是地獄般的例行性活動。

雖然運動會都會加上「迫不及待」、「大家都很期待」這樣的枕詞＊，但我

＊注：枕詞（まくらことば），和歌用語，與跟在其後的詞相關，調整語句及修飾的作用，有限定、修飾、類音聯想、及雙關語等多種形式。

希望大家能知道絕對有人不是這麼想，即便只是極少數的人。

要是混在一群人中，不必追究個別責任，像是拔河、投球等競賽就還好。

最令人討厭的是跑步。

首先是賽跑，通常是五人一組一起跑。我從幼稚園時代開始就是最後一名，而且是穩坐最後一名。這麼說好嗎？

這不打緊，最叫人傷腦筋的還在後頭。

我就讀的小學每次跑完後，就得按照名次就定位，第一名排在第一名的旗子下，第二名排在第二名的旗子下，只能盤腿坐著等待所有賽程結束。

只見排在第一名的孩子笑得好燦爛，排在最後一名的孩子無不低著頭，沈默不語。

沒有同病相憐的感慨，也沒露出難為情的笑容，更沒有互看彼此，只是一片靜寂，形同守靈。因為全校學生分為紅白兩組競賽，沒有得分、沒為隊上有任何貢獻的我們，只能頭低到不能再低。

若是這樣也就算了。待所有賽程結束後，站在隊伍的第一個人要舉著標示名次的顯眼旗子，然後每一列依名次先後繞著操場小跑步一圈，當然也會繞到觀眾席前方。

奪得第一名的孩子們無不抬頭挺胸、笑容滿面，開心地向爸媽揮手。觀眾席也響起如雷掌聲，還有爸媽驕傲地拿著攝影機，拍下孩子的光榮一刻，不斷響起「恭喜」、「好厲害」的歡呼聲。

我們這群敬陪末座的孩子只能低著頭，一心祈求這一切快點結束。

這時從觀眾席上就會響起有別於第一名，充滿同情、哀憐的掌聲，不斷高喊：「很努力囉！」、「Don't mind! Don't mind! 不要氣餒！」，甚至有人高喊：「抬起頭，沒什麼好可恥！」

殊不知這麼說只會讓我們更加難堪，只會讓我們被大家嘲笑，不是嗎？

每年都得被這麼凌遲的我，想起和祖父看時代劇時，裡頭出現的一種刑罰叫「遊街示眾」。

聽說近年來有許多學校的賽跑不排名了。雖說鄉下學校比較守舊，但允許這種事也沒什麼大不了吧？

我該向哪裡投訴呢？我還真的認真這麼想過。

再來是所有人都要參加的男女混合紅白接力賽。

要是自己跑，自己扛責也就算了，反正丟臉的也是自己；但接力賽不一樣，會造成別人的困擾，所以我一想到就怕，歉疚感也倍增。

班上同學都視我為左右勝負的關鍵人物，這當然不是肯定的意思，所以許多人都很關心我會加入哪一組。

「哇，星野今年是白組吔！白組輸定啦！」

有男生毫不掩飾地皺著眉頭，如此說道。

就連班上公認最通情達理的班長濱本，也提出質疑。

「老師，應該將班上跑得最快的白川同學編到星野同學在的那一組，這樣才公平，不是嗎？」

結果這個提議得到大家的認同，班導也接受。畢竟天生腳程慢的我確實會影響團隊成績，所以只能默默接受這般待遇。

我的球技也是差到不行。

最快被狙擊、早早就到外場納涼的躲避球還好，排球和籃球就完全不行，只有痛苦可言。

每次打排球時，我都被分配到球絕對不會飛過來的位置，然後不停在心裡祈禱：**拜託、拜託！球千萬不要飛過來啊！**

無奈也是有事與願違的時候。只見我配合大家的齊聲高喊：「接住！快啊！」使盡吃奶力氣跑著，讓我既感謝，又滿懷歉意。

至於籃球的話，我都是配合大家的動作往右往左，不然就是高舉雙手，一邊假裝自己也有參與，一邊訓練自己更快判斷哪裡是球絕對不會飛過來的位置。

而且我會一直偷瞄牆上的時鐘，期盼時間能早點流逝。我認真地想著，要是能動手撥快時鐘的針就好了。

當同隊夥伴拿到球，猶豫著要把球傳給誰時，我會故意躲在敵陣中，擺出「**我真的很想接球，可惜被對手阻撓**」的姿勢，來一場自導自演。

當然就算我這麼做，也沒人會把球傳給我。

國二第一學期的某堂體育課，就在同隊其他人都被對手盯死，找不到可以傳球的對象時，我和拿著球的西島同學對上眼。

僅僅一瞬間，我瞥見她露出像是在說「**她不行啦**」的眼神。瞬間，西島同學手一放，球出界。

雖然她假裝手滑所致，但很明顯她寧可讓球出界，也不想傳給我吧。這個判斷是正確的。

我和西島同學就讀同一所小學。記得是小六時，某次上體育課打籃球時的事。

那時也是其他人都被對手盯死，只有我除外，只見西島同學毫不猶豫地將球傳給我，沒想到球不偏不倚擊中我的臉。瞬間，我的臉成了同學口中的籃球吉祥物，還伴隨著超難聽的「碰啪」聲，從我的兩個鼻孔流出鮮血，口腔裡頭也受傷了。

「西島同學！妳要看著對方傳球啊！」

年輕女老師見狀，驚慌不已地說。

從此，她死守這原則，只能說老師那時的教誨十分管用。

這就對了！大家的體育時間，請把我當死人，別把我當作一份子啊！

自己醜態畢露，丟臉丟到家也就算了，一想到造成別人的困擾，我就受不了，滿懷歉意的我只想找個地洞鑽。

＊＊＊

某天，有個令人難以置信的消息傳到我耳裡——運動廳（再也沒有比這更好懂的名稱吧）祭出「**讓討厭運動的國中生減半**」這樣的目標。

不是使其喜歡，而是減半。我們成了被減半的對象嗎？成了應該遭到驅逐的存在嗎？

等等！這不是喜不喜歡運動的問題，而是身體就是不聽使喚，絕對不是單憑脾性、心情就能搞定的事。

問題是，這目標有著冠冕堂皇的理由，那就是「為了將來能夠保持健康身心，盡量不給周遭造成困擾而活」。

咦？這什麼意思？是說我們討厭運動的孩子，將來肯定不健康，肯定會給別人添麻煩嗎？可是，運動的人也會生病啊！況且這麼做，也會造成病人的困擾。

什麼「打造全民運動的社會」，難不成連因病臥床的老人家，都要叫起來運動嗎？太扯了吧。決定這麼做的人，絕對是運動神經一流，完全無法理解討厭運動之人的心情吧。

明明我現在就不想造成別人的困擾，卻被別人預言我將來一定會給別人添麻煩。太、太悲哀了。

問我該怎麼辦？結集全國討厭運動的人，振臂起義嗎？

我抬起頭，現在是班會時間，正在說明每年的例行活動之一——馬拉松大會，男子十五公里、女子十公里。

去年我當然是敬陪末座。比賽路程是繞行學校附近的一般道路，我只有起初幾公尺用跑的，之後便一直用走的。

不，只是做給別人看罷了，但至少能堂堂正正地說：我有在走啊！怎樣？

「喂，稍微跑一下啦！讓人見識一下妳的毅力啊！」

雖然不時被體育老師如此說。

「這就是我展現毅力的方式。」

我可以突然正色回道。

但也會遇到有點尷尬的情形，像是抵達終點的人可以自行回去，所以我會遇到這些早已解脫的人。

「咦？妳還在跑嗎？不會吧？現在才要回學校？」

她們看到我時驚訝地問。

「嘿嘿，是啊！」

我臉上浮現困惑的表情，一副好像自己做錯事似的回應，接著報以微笑。同學們會露出同情的眼神。

不過，這至少是不會造成別人困擾的個人競技，只是多少有點難為情。

今年是採計算每班平均時間的競賽。老師才說明到一半，便響起「不會吧——」的驚呼聲，有好幾個同學反射性地看向我。

算了，別人無意識做出來的行為，沒什麼好責怪的。

但為什麼要這樣？為什麼連這種事都要追究連帶責任？再也受不了的我，不由得低著頭，看來我預支了不少再也無法忍受。怎麼辦？乾脆請假算了。

「妳該不會在想那一天乾脆請假吧？」

從頭頂上方傳來聲音，我抬頭一瞧，原來是中原。

不知不覺已經到了午休時間。雖然被他猜中了——

「那又怎樣！」
我鼓著雙頰，別過臉。
「算了，隨便妳。」
中原喃喃地說，隨即離去。
參加田徑社的中原腳程非常快，尤其擅長長距離的競賽，也是去年馬拉松大會的冠軍，他不但刷新大會記錄，也擅長球類運動。
總之，就是運動神經一流的運動天才，像他這種人怎麼可能了解我的心情。
「妳和中原在聊什麼啊？」
美緒馬上跑過來問我。
「沒什麼。」
「哦……果然啊，像小茜這樣的女生也覺得中原這樣的男生很不錯，是吧？」

什麼叫做像我這樣？是說像我這種沒有運動神經的傢伙，會暗戀那種運動神經一流的男生嗎？憧憬自己沒有的東西？開什麼玩笑啊！我才不覺得那種人有什麼好憧憬呢！況且我和那種運動至上的傢伙根本合不來。

「怎麼可能啊！完全沒有！一點都沒有！」

「是喔……？」

我正想說：**美緒，妳才喜歡他吧！**突然覺得會扯個沒完，趕緊踩煞車。

「煩死了！馬拉松大會好討厭喔！」

我誇張地皺眉，趴在桌上。

「我也不喜歡啊！累死了，又冷。啊——，真不想跑。」

美緒雖然這麼抱怨，但她的腳程一點都不慢，應該說很快，而且運動神經也不錯。不過，她的個人風格就是對任何事情都表現得一副意興闌珊樣。

美緒感興趣的只有打扮一事，雖說正值這個年紀，但她對這方面特別敏感。好比一提到「二班的○○啊」，她就會說：「我知道，就是那個眼睛大大，很可愛的女孩」、「膚色白皙，長得很漂亮」，不然就是「那個人長得和女明星○○很像，是個美女呢」，像在把女孩子分類似的，馬上就能迸出一堆關於外表的評論。反之亦然，「她啊，根本沒那麼可愛，但她肯定覺得自己很可愛吧」，不然就是「她很有型，可惜長得抱歉了一點」，有時也會這麼說。

她總是先以外在美醜來論定、評價。看來我在她心中，大概也是那種不怎麼樣的等級吧。

其實美緒自己也長得不怎麼樣，稱不上美女，但也不算醜。不過，她倒是給自己打了很低的分數。

「啊——，我怎麼長得這麼醜啊！」

她總是感嘆地這麼說。

其實我覺得也沒那麼糟，但不知為何，她對自己的長相十分悲觀，不時唉聲嘆氣。

「唉，為什麼我生來是這張臉呢？我絕對要整型！我要去韓國。那邊整型是稀鬆平常的事，而且比日本便宜多了，可以整得像換了個人似的漂亮喔！」

「美緒想變漂亮？還是想改頭換面？」我問她。

「都有。」她回道。

「如果現在惡魔跟我說要想變美的代價是縮短三十年，不，四十年的壽命，我會馬上簽約。反正長得醜，活那麼久也沒意思。」

是這樣嗎？總覺得我們好像某方面的自我意識重了點，心態上有些失衡。

總之，我覺得美緒的想法太過極端了，但這種想法確實佔據了不少她的心思。

話說回來，我也是滿腦子想著馬拉松大會該怎麼辦？

要是問大人的話，也許會被碎念還有很多事比煩惱這種事來得重要吧。其實我也這麼覺得，卻不知如何是好，滿腦子全被這種無意義的煩惱占滿。

不管是哪一所學校，舉凡運動神經差、遲鈍的人，大抵會成為被奚落、欺負的對象。我的話，因為運動神經極差，差到無法淪為「被霸凌」、「被嘲笑」的範疇，已經達到「碰不得」自然被大家忽視的禁忌領域。

可是再這樣下去，安於現況，好嗎？

幸好周遭還願意包容，才能讓我處於無風狀況；但無法預知前方如何，所以至少要想想怎麼改變才對吧。

至少要達到一般水準。不對，要達到一般水準必須要有以參加奧運為目標的恆心與毅力，還得出現奇蹟才行，所以我至少搆到水準以下、再以下的中間程度就行了。

那該怎麼做呢？

「唉！」

美緒和我同時深深嘆氣。

＊　＊　＊

跑步是所有運動的基本功。體育老師這麼說。

原來如此，難怪我看任何運動社團都常常在跑步。雖然我一直都是遠遠觀望，心想：**還真是辛苦啊**！但其實這麼訓練是有道理的。

跑步是一種左右對稱的動作，最適合提昇運動能力，所以腳程快的人能輕鬆駕馭所有運動項目。也就是說，只要跑就對了，不必使用任何器具，也沒什麼艱澀理論。

對了，去年幾乎都是用走的馬拉松大會，也就是一個人的健走大會，如果全程都用跑的話，所需時間應該大大不一樣。

因為如果一樣的話，地球的時間軸就會變得很奇怪。倘若我能做到了，至少當比賽結束後，不必再忍受那些放學的同學們投以同情眼神吧。

幸好我家在圍繞著梨樹、桃樹果園的鄉下地方，所以有很多條地圖上沒有標示出來的鄉間小徑，不太容易遇到熟人。

於是，我決定偷偷進行訓練，強化心肺功能，增長肌肉，試著打造全新的星野茜。

週末早上，我窩在棉被裡信誓旦旦地說要鍛鍊自我，結果磨蹭到傍晚。也好啦，天色昏暗更不容易被別人撞見。想想，反正在學校都已經醜態畢露了，也沒什麼好可恥了。但我之所以還是決定偷偷鍛鍊，是因為覺得總是拿零分的人，至少也要考個十分的悲願是另一種羞恥。

一月中旬，北風撫著臉頰。雖然白天還算暖和，但天色稍微暗下來後，就突然變得很冷。

意志很快就消沈了一半。要是一直以來的我，或許早就打退堂鼓躲回家裡，然後給自己找些「要是感冒就糟了」之類的藉口。

但是今天的我不一樣，踏出一步，而且是很大一步。或許對別人來說沒什麼，對我而言，卻是莫大的改變。

趁我尚未改變心意時趕緊跑起來。別想太多，只要動腳動手就對了！

沒想到才跑沒幾步，就覺得心臟好難受，快喘不過氣來似的停下腳步。

旁人看來實在是稱不上「跑」的距離，所以肯定沒人會想到我這是在鍛鍊自我吧。被雞追還能稍微多跑一些。唉，算了，凡事不能強求，要是繃得太緊，反而適得其反。

我就這樣走了一會兒，完全成了午後悠閒散步。

瞧見前方有個歐巴桑腳步踉蹌地推著手推車，原來是岸先生家的老奶奶。想起母親說過，醫師建議她用走路方式來復健。

我們的速度差不多。這怎麼行！我又沒在做復健。我使勁超越老奶奶，也許是我長這麼大，第一次「超越別人」吧，而對方還是正在復健的老人家。

就在我一味在意老奶奶時，前方有人跑過來，因為天色開始變暗，實在看不太清楚。

「啊！」

對方也看向我這邊，驚呼一聲的樣子。原來是正在跑步的中原。

怎麼辦？現在才改道也很怪，況且眼前就這麼一條路，根本沒辦法改道。因為是田間小徑，所以四周沒有可以藏身的建築物，只有葉子凋零的樹木。這就是田間小路可悲的地方。

就在我低著頭，想快步通過時，沒想到中原也減緩速度，停在我面前。

「在幹嘛？走失？找不到回家的路？」

沒先打招呼的他這麼問。

有點生氣的我隨口扯謊：買東西。

「一個人出門跑腿？了不起喔！」

他的口氣有點揶揄，說完就跑掉了。

肯定被他看穿我在說謊吧，因為前面根本沒商店。

中原是在練跑嗎？像他這種人肯定視跑步為人生一大樂事吧，那是我完全無法體會的境界。

雖然我和中原不是念同一所小學，但我知道功課好、運動神經一流的他是個萬人迷。美緒應該也很喜歡他吧，所以才想變身可愛美少女嗎？

中原的家是有著奶油色牆壁的新房子，距離我家大概三公里遠。

他居然跑到這裡來！記得今天田徑隊有活動，看來他真的很喜歡跑步。也是啦！像他腳程這麼快的人，跑起來也很爽快吧。他都是在這一帶跑步嗎？

隔天週日，我比昨天更早出門，想說趁天氣暖和時練跑，當然也是為了避開中原。

我跑了幾公尺後，和昨天一樣又氣喘吁吁，感覺呼吸困難；不過只要持續練跑，總有一天會稍微輕鬆些吧。

就在我雙手撐著膝蓋，彎腰調整呼吸時，聽見腳步聲湊近。

不會吧……？我抬頭，賓果！果然是中原。為什麼？怎麼會這樣？我不需要這般神的惡作劇啊！

「幹嘛？在跟蹤誰嗎？」

他又迸出如此失禮的話。

「你、你才是吧！」

我反駁，中原笑了。

「今天很早嘛！」我說。

「禮拜天社團有活動，不過只有早上就是了。我升上國中後，一直都是這時間跑步。」

是喔，看來確實是我挑錯時間。

中原好像想說什麼，但他的視線越過我的肩頭，怔怔地盯著前方。我也跟著回頭一瞧，居然有個全裸的歐吉桑朝我們這裡走來。

不、不、不會吧？怎麼回事？

我嚇得別過臉，中原趕緊奔上前。

「你不是宮澤爺爺嗎？要去哪裡啊？」中原問。

「哎呀！我要去已經嫁出去的大女兒那裡啦！」

老人家的聲音意外地鏗鏘有力。

「是喔，可是不是在這邊吧？我剛好有點事要去那邊，我們一起去吧。」
我一回頭，瞧見中原將自己練跑穿的上衣套在老爺爺身上，摟著他那瘦削的肩膀。
高個頭中原穿的上衣包裹著老爺爺的嬌小身軀，露出的雙腳像鳥腳般纖細，皮膚又白又乾，還打赤腳。
「他是我認識的爺爺，我送他回家。」
中原摟著爺爺的肩，回頭對我說，他上半身只穿著一件白T。
「嗯，好。」
說完，我便目送著兩人逐漸遠去。
大概是走失的老人家吧。不時會聽到區公所這麼廣播：「〇〇歲男性於上午十點左右失蹤。他身穿……」最後會再以「有看到他的人，還請和區公所聯絡。」這句話結束。尋獲時，還會這麼廣播：「……平安無事找到了。」

我還是第一次遇到這種人。

隔天一到校，中原便迎面走了過來。

「昨天謝啦！」他說。

「沒事吧？」

「嗯，剛好是我認識的老人家。他偶爾會那樣，雖然腦子有點問題，但身體蠻健康，還可以到處趴趴走。昨天好像是他準備洗澡，衣服都脫了，卻又忘記要洗澡這件事，所以就光著身子出門了。」

「原來如此。不過你真了不起，還主動送他回家。」

「哪有，我才沒什麼了不起。況且我前幾天說了很不得體的話。」

「咦？什麼不得體的話？」

「我那天碰巧遇到妳，隨口問妳是不是認不得回家的路，想到自己竟然把這種事當成笑話來講，就覺得很不應該。」

「有時候真的會發生這種事，不是嗎？不是什麼傳言，而是真的有人走失或失蹤什麼的。不過大冷天的，你不冷嗎？難道不會忽然回神，想說：『咦？我在幹嘛啊？』」

「嗯……我對冷熱這種事已經麻痺了吧。」

「不太懂你說的意思。」

「我沒胡說，真的是這樣。對了，星野同學挺鎮靜嘛！沒有嚇得大叫、抱怨之類的。」

「是喔？」

「是啊！女孩子遇到那種事，不是會馬上嚇得哇哇大叫嗎？可是妳不會吔。」

「因為我家也有老人家。」

「妳家也遇到很傷腦筋的事嗎？」

「沒有，不是這樣。」

我知道自己的聲音聽起來有點低落。

中原好像還想說什麼，不過因為上課鐘響，只好回到自己的座位。

妳家也遇到很傷腦筋的事嗎？說傷腦筋，的確也是啦！只是和那位老爺爺的問題不太一樣。

祖父目前在家裡療養，直到兩個月前還在住院的他強烈要求出院回家。

「我想死在家裡。」他說。

祖父已經來日無多，不可能痊癒，所以院方同意讓他返家，目前就是處於臥床狀態。

又到了下課時間。

「剛才妳和中原在聊什麼啊？很可疑喔！你們最近好像很要好。」

美緒走過來問我。

「哪有啊！」

「是嗎？可是如果中原和小茜在一起的話，你們孩子的運動神經就可以中和一下，剛剛好吔。」

「妳在說什麼啊？沒頭沒腦的。」

「嘿嘿嘿！」

雖然美緒是在開玩笑，其實話中帶刺，我確定她喜歡中原。

＊＊＊

禮拜一沒有社團活動。我參加的是文化性社團——美術社。

早點回家的我走進祖父的房間。

祖母在我出生前不久因為癌症病逝，從此祖父便一個人生活，直到四年前他的健康出狀況時，我們便搬來和他同住。

雖然我們一家三口和祖父住在同一縣，但是我們家距離祖父家開車要一個小時。

祖父罹患的是末期腎衰竭，已經到了回天乏術的地步。治療腎衰竭的最有效方法就是血液透析治療，但是祖父實在沒體力承受。醫師說他至多只剩幾個月的生命，所以我們決定與其接受造成體力、精神莫大負擔的治療，不如讓他平靜地走完人生最後一程。

祖父是以什麼心情度過每一天，等待那天到來的呢？

好比電視上介紹電影時，都會告知明年春天上映。

那時，自己也許已經不在世上了。

又好比看煙火，就算想再看到，搞不好這次是最後一次了。

別人邀約明年一起去旅行，可惜自己已經沒辦法去了。

現在並未連結到未來。今天變成昨天，明天變成今天，一切看似是那麼理所當然。

然而，自己也許沒有明天。大家視為理所當然的事，對自己而言卻非如此，只有自己被摒除在外，只能獨自抱著令人恐懼的孤獨。

推開祖父房間的拉門。這是一間面向庭院，六疊榻榻米大的和室。走進房間便聞到一股特殊氣味，像是混雜著燉煮蘿蔔、柑橘類的芳香劑，還有淡淡的消毒液味道。

我一走進去，祖父便緩緩睜開緊閉的薄薄眼皮，黑色眼瞳像是被覆了薄膜似的混濁。

「啊啊——，妳回來啦……」

「我回來了。」

祖父好瘦，他本來就不胖，但現在的他至少比以前瘦了超過十公斤吧。他的腳瘦得和我的手臂一樣細，因為都沒走路，所以長不出什麼肌肉，包覆著骨頭的皮膚呈現鬆垮狀態，臉也瘦到像是骷髏頭覆著一層皮，滿布老人斑的手背彷彿稍微用力一擦，皮就會脫落似的好恐怖。

是的，很恐怖。其實我很怕走進這房間，看到祖父這模樣，但我知道要是不走進來看看他，我一定會非常後悔。

「今天回來得比較早啊。」

「因為沒有社團活動。」

「是喔。我一直躺在這裡，都不曉得今天是幾月幾號星期幾了，連白天、晚上都搞不清楚。」

「要不要試著坐起來？」

祖父緩緩頷首，我伸手扶著他的背，讓他撐起上半身。

隔著睡衣，清楚感受到骨頭的觸感，我嚇一跳。永遠都無法習慣這種事，祖父的胸膛薄得像片板子。

「還好嗎？」

「嗯，光是這樣就覺得看到的風景和剛才不一樣。」

祖父只能看到躺著或是坐起來時映入眼簾的風景。

窗外的庭院風景十分蕭瑟，光禿禿的樹木背對著冬日天空，迎風搖曳。

紫丁香，祖父比較喜歡「lilas」這個稱呼，五月時會盛開散發香氣的花。

祖父看得到五月的美景嗎？

祖父是任教國中的社會科老師，房間書櫃排放著許多關於歷史的書。今天因為眼睛疲累的關係，沒有看書，但只要這些書擺在身旁，他就覺得很安適。

茜さす紫野行き標野行き野守は見ずや君が袖振る

（前往一片長著紫草的原野，邊踏入禁地，邊張望是否被守衛瞧見。

哎呀，一定被瞧見了吧！你朝我揮揮袖子。）

我的名字也是祖父取的，好像是取自《萬葉集》裡的和歌。

歌詠這首和歌的是才貌雙全、深受天智天皇與天武天皇寵愛，名叫額田王的女子。據說這兩位天皇是兄弟，兩人因為邂逅了額田王，而引發壬申之亂。總之，絕世美女總是男人爭搶的對象。

祖父倒也不是希望我成為很有異性緣的女子，才幫我取名「茜」。很有異性緣啊……美緒之所以想變美，是因為想成為這樣的女生嗎？

我倒不在乎這種事，因為好像會給自己招來很多麻煩。反正我不像額田王那麼美，也沒必要擔這個心。

我似乎不由得嘆氣。

「怎麼啦？」

祖父偷看我的表情，問道。

「沒什麼，我只是在想自己以後會不會變得稍微漂亮一點呢？」

「一定會的，妳現在就是個美女啊！」

「嗯……您這樣哄孫子是沒用的。從世人的角度，客觀一點來看，不曉得是如何囉。」

「妳這年紀的女孩都會變得很漂亮。年輕女孩都是美得閃閃發亮，因為擁有生命力。」

「嗯……不是說這個啦！無關乎年輕，而是更嚴苛地判斷美醜。」

「我是說真的。無論是誰、無論男女，年輕時都很美、很帥。妳看爺爺，手上都是老人斑，自己看了都覺得好髒，臉也是滿臉皺紋，牙齒脫落，頭髮也掉光。沒有一樣比年輕時好，只會愈來愈糟，變得很難看。不過，就算是這樣也沒關係。如果一直和年輕時一樣都沒變的話，妳覺得會怎麼樣呢？」

「這樣不是很好嗎？一直永保年輕美麗。」

「哎呀，才不好哩！上了年紀還長得能吸引異性的模樣，可是會給自己惹來不少麻煩的。萬一對方愛上誤以為還年輕的老人家，可是會引起外遇之類的麻煩事啊！這世間豈不大亂。所以上了年紀，慢慢變老，變成不會讓年輕人多看一眼的模樣，這其實是非常棒的生命機制。我要是見到神，應該會跟他表示這機制很棒。」

呵呵呵，祖父開心笑著。

沒想到他會迸出「**要是見到神**」這句話，我嚇一跳。

「身體和腦子也是一樣喔！」祖父繼續說：「如果像年輕時那麼活力充沛，永遠有用不完的體力，腦子記東西也很快，當然會活得很快樂。也必須要有足夠的體力和腦子來應付那麼多想做的事。問題是，不可能一直如此。上了年紀後，身體各個功能都會衰退，體力也變差，還會迸出一堆病。原本去年能做的事漸漸沒辦法做了，腦子也變得遲鈍，只好慢慢地放棄許多事。倘若頭腦和身體都和年輕時一樣的話，人生會快樂到討厭死亡、恐懼死亡吧。相反的，身體機能慢慢衰退，無法隨心所欲的事情愈來愈多，也能學會放棄。就這樣不知不覺地做好心理準備，迎向人生最後一段旅程。」

所以，祖父已經準備好了嗎？

「啊，好像講太多話了。我躺一下喔！」

我又扶著祖父，讓他躺下來，幫忙墊好枕頭。

「謝謝。」

祖父靜靜閉上眼，說道。

「我會再過來看您。」

我悄悄的步出房間，看著自己映在玻璃窗上的臉。

妳這年紀的女孩都會變得很漂亮。真的嗎？但是這個最美麗的時候，要是沒有遇到喜歡的人，怎麼辦呢？

我走到飯廳，母親正在準備晚餐。

「我和爺爺聊了一會兒。」

「是喔，趁他現在意識還很清楚，多跟他說說話吧。」

「什麼意思？」

「雖然爺爺的腦子還算清楚，但隨著病情惡化，意識會漸漸模糊，可能會說些莫名其妙的話。而且或許是藥物的副作用吧，他一直昏睡著。爺爺的同事山本老師也是生病住院，但隨著住院時間一久，也會開始說些莫名奇妙的話。原本腦子很清楚的他，居然半夜從醫院打電話回家，說什麼：『我已經平安從京都回到學校了。再待一下就回去，我有帶伴手禮八橋喔！』還有他的家人去醫院探望他時，他告訴他兒子：『馬上就要期末考了，得出考卷才行。』不然就是『幫我把抽屜裡頭的升學指導資料帶過來，我要交給井上老師。』他居然還提起已經過世的井上老師。山本老師明明已經退休十幾年了，看來他的意識完全回到還在教書的時候啊！還有啊，他認得自己兒子，卻以為他的媳婦是學生家長，還對她說：『〇〇同學要是再這樣下去，很難考上〇〇高中喔！期末考得擬好對策，想辦法把成績拉起來才行。媽媽也要好好盯著他的日常作息。』大家都說山本老師回到他過得最充實、人生最美好時期的自己。」

人生最美好時期的自己。對祖父來說，也是執教鞭的時候嗎？

「媽媽呢？媽媽覺得人生最美好的時期，是什麼時候？」

「嗯……國中吧。」

「蛤？不會吧？」

「真的啊！後來想想，那時最快樂吧。」

「是喔？可是我現在覺得沒那麼有趣。」

「等到時光一過，失去時，妳就知道啦！」

是這樣嗎？我無法體會。只覺得現在苦多於樂，好比惱人的馬拉松大會之類。真的會有由衷覺得這一切都「很快樂」的一天嗎？

我實在無法想像。如果什麼都事與願違的國中時代是人生最美好的時期，面對將來還有什麼希望可言啊！

＊＊＊

隔天第五、六節課是體育課。

最近體育課都是在跑步，今天也是繞校園四圈。比起路程是學校周邊道路的馬拉松大會，繞著校園跑，落後大家好幾圈，顯然痛苦多了。即便如此，我還是竭盡全力。

無奈馬上就痛苦到心臟好痛，上氣不接下氣，說著連自己聽了都覺得刺耳的話：**好痛苦，真的好痛苦，覺得自己好像快死了。**

死是這麼痛苦的事嗎？連續劇常看到什麼服毒自殺、被人毒殺身亡的場面，感覺那種死法好像很痛苦。

我和祖父一起看時代劇時，偶然看到一幕咬舌自盡的戲。記得有一次吃飯時，我不小心咬到舌頭就痛得哇哇大叫，所以實在沒勇氣選擇這種死法。

「我不敢咬舌自盡，畢竟這樣沒辦法一下子就死掉。舌頭也是一塊肌肉，所以一咬下去會痙攣收縮，堵塞氣管，就這樣窒息死掉吧。」

祖父可能是察覺到我的心情，以冷靜的口吻這麼說。

一想起這件事，我就自然用走的。不，只是擺出在跑的姿勢，其實速度和走路沒兩樣。

先發的那一組又超過我，往前狂奔，我盡量靠邊，以免妨礙別人。

那些人不覺得痛苦嗎？雖然持續訓練能強化心肺功能，減輕痛苦程度。

「聖人與窮凶極惡之人的出生機率一樣；絕世美女與讓人不想多看一眼的醜女出生機率也一樣；受幸運女神眷顧的人，與遭逢不幸之人的機率也一樣。舉個比較貼近生活的例子吧，有對某件事很狂熱的粉絲，就有對這件事一點也不感興趣的人。好比有正，就有負，萬事萬物都是兩兩對照，物極必反。」

我想起數學老師曾如此說道。

是這樣嗎？若是這樣的話，那和我完全相反的就是，運動神經一流，備受眾人稱讚，擁有難以想像的超凡運動能力之人，宛如神般的存在。反觀我的運動神經也是差到一個神級程度。

就在我這麼思忖時，大家陸續超越我，往前狂奔。我已經落後大家好幾圈，再這樣下去，就無法趁亂和大家一起假裝抵達終點了。

突然發現有個男孩子在看我，是中原。男生是繞著學校外圍跑，中原似乎是第一個跑完的人。雖然距離有點遠，看不清楚他臉上的表情，但感覺他在笑。

要笑就笑吧！烏龜也有烏龜的堅持，這就是烏龜的拿手絕活。雖然我抱持這股傲氣，卻無法改變現況，說到底，本來就不該讓獵豹與烏龜賽跑啊！

下課鐘響，時間到。

還沒跑完的我可以就這樣交差了事嗎？就在我這麼想時，老師喊道：「星野還剩兩圈哦！」好慘，現在是第六節課，難道多少耽誤到放學時間也無所謂嗎？啊啊——，有夠冷酷無情。

我爸媽的共通興趣是看老電影和以前的連續劇。假日時，兩人都是在看這一類的DVD。

這天，他們也是在看以前拍攝的日劇。

「哇——，好年輕喔！他那時應該才二十幾歲吧？」

「以前好瘦喔！」

每次一看到出現在螢光幕上的演員，他們就會這麼討論。

「這個人還活著嗎？」

有時他們還會不時迸出這樣的問句。

「應該已經過世了吧，好像是三、四年前。」

「應該還活著吧，沒有聽說他已經過世的消息。不過年紀也很大囉！」

「像這種以前的連續劇啊，應該要打上這位演員是哪一年出生、哪一年過世，或是在頭上加個天使光環之類的。」

搞不懂他們到底是在確認演員是否還活著，還是在看劇。

不過，當他們說：「沒啦，這個演員還活著啦！」我就會反射性的想：**太好了**。並鬆了一口氣。

但一聽到他們說：「**已經過世了**。」我就覺得很感慨。雖然我不是這位演員的粉絲，但這個人已經不在世上的事實瞬間衝擊我的心。

我不禁感嘆，活著就是一件美好的事。

閱讀時也是如此。當我知道手上這本書的作者已經不在人世時，就覺得很遺憾，有種莫名的失落感。為何會有這樣的心情呢？大概是因為再也看不到這個人的新作吧。

＊＊＊

下個週末，我又稍微練跑。

馬拉松大會於二月中旬舉行，也就是三週後。

因為要比的是全班的平均分數，所以我只要稍微跑快一點，不要落到遭人指指點點的程度就行了。

我的目標並非勇奪前幾名，而是至少不要用走的，這是我給自己設的最低門檻。

結果跑了一會兒又覺得痛苦不堪，只好放棄，這也是沒辦法的事。

「不要那麼快就放棄啦！」

身後傳來聲音，我回頭一瞧，果然是中原。

今天改變路程嗎？還是折返途中？中原突然出現在身後，讓我有種被活逮的感覺。

「一開始跑就覺得呼吸困難，腳變得好重，這是因為一時氧氣不足的緣故，這叫Dead Zone（死區、盲區）。」

中原說道。

「Dead Zone？」

這名詞讓我怔了一下。Dead，死。

「是啊！人體的心肺功能直到能夠適應長距離跑步為止，一直都處於痛苦狀態，但只要能撐下去，身體就會變得輕盈，跑起來也會輕鬆多了。這叫做

Second Wind。因為Dead Zone而放慢速度的話，就會一直處於痛苦狀態，所以就算痛苦也要稍微忍耐，繼續跑比較好。」

這番說明還真是淺顯易懂。

「可是我沒有體力撐下去啊！」

我很驚訝自己竟然會脫口而出這句話。

沒有體力撐下去。這是祖父告知父親要回家裡療養時，說的一句話。

祖父撐不下去，也不可能感受到Second Wind，他現在一直處於痛苦的Dead Zone。

「那就得鍛鍊出能撐下去的基本體力啊！為了加強心肺功能、調整呼吸方式，每天都要練跑。」

看來我要達到這個境界，又得吃一番苦吧。

「耐力跑就是越跑身體越習慣，跑起來也就越輕鬆囉。」

「拜託！什麼跑起來很輕鬆，根本是我絕對達不到的境界。」

「妳試試看就知道啦！」

中原微笑地說完，隨即離去。

看吧，我就知道。**這番理論對運動神經好的人來說，也許易如反掌，但對我怎麼可能管用啊！**我很想衝著他的背影這麼喊。不過，參加田徑社的中原說的應該是事實吧。

Dead Zone與Second Wind嗎？

＊＊＊

情人節即將到來。

雖然學校禁止帶巧克力，但大家都無視這項規定。有人要送的是友情巧克力，也有人是要送告白巧克力。

聽說中原去年收到不少同年級女生，還有學姐的巧克力，榮登全校第一。

我和去年一樣，只打算準備要送給美緒和幾個社團好友的巧克力。就在我思索這件事時——

「妳今年要送巧克力給中原嗎？」

午休時間，美緒問我。

「蛤？為什麼要送他？」

「可是你們看起來很要好啊！」

「妳在說什麼啊？才沒這回事。我怎麼可能送他。」

「是嗎？」

「倒是美緒，妳不送給中原嗎？」

要不要今天陪妳去買？也許希望我這麼問她吧。

「才不會呢！我想送我媽。」

「妳媽媽？又不是母親節？」

美緒沒有回應，只是凝視著用指尖捏著的髮絲。

「當然也會送給小茜啦！」

她笑著說。

是喔，看來真的有人會心懷感謝的送巧克力給家人。

那天，我走進祖父的房間，原本應該是在睡覺的他微微睜眼。

「爺爺，您要吃巧克力嗎？」

「巧克力？怎麼啦？」

「雖然早了一點，可是過幾天就是情人節了。」

「是喔，情人節不是要送巧克力給喜歡的男孩子嗎？可以送給我嗎？妳沒有其他想送的人嗎？」

「沒啊！」
腦子裡瞬間浮現中原的臉，我趕緊抹去。
「是嗎？可是我覺得應該有人想收到妳送的巧克力吔！」
「蛤？是嗎？」
「是啊！就是有這樣的好孩子。」
我握著祖父那有如枯枝般的手，輕輕幫他撐起瘦削身軀。
「啊，可是媽媽說不能給爺爺吃太甜的東西，因為您沒辦法咀嚼，容易蛀牙。」
「這身體都快不能用了，幹嘛還擔心會不會蛀牙啊！」
「別這麼說啦！爺爺會好起來的。」
「不可能的，爺爺馬上就要死囉。」
「討厭啦！不要說這種話啦！」

「就算不喜歡，也沒辦法逃避，每個人總有一天都會去另一個世界，不可能一直活著。」

祖父從以前就不避諱講這種事，從不含糊其詞，也不會打馬虎眼。即便是事實，也會有那麼一瞬間，我期盼奇蹟出現。

沒事的，您會一直活得好好的！明知是謊言，也想這麼說。我知道這麼說只是求個安心，只是不想面對現實。

「我已經八十八歲了。這輩子活得很好，也活夠了，能夠做自己想做的工作，也有了自己的家庭。最棒的是，還有這麼貼心的孫女，沒有任何遺憾了。」

「既然如此，您要活到看到我結婚，不對，至少要等我升上高中。」

「這樣可就沒完沒了囉。爺爺已經活夠了。我爸二十七歲就死於戰爭，他出征時，我還在媽媽的肚子裡呢！我爸沒機會看到自己的孩子，所以比起他，我幸福多了，足足比他多活了三倍，還當了爺爺，這些都是他無法經歷的人生，所以我還要奢望什麼呢？」

「可是……」我說。

「不久就是春天了。爺爺我最喜歡春天了。每年一到春天，就會想著：**啊啊——，果然還是最喜歡春天啊！**真的是每年都會這麼想。爺爺我已經迎接了八十八次最喜歡的春天，我爸卻只有二十七次，光是這件事，就讓我覺得自己這一生活得很充實。」

祖父望向庭院，說道。

祖父的生日在四月，第八十九次的春天不久就要來臨，一定沒事的。因為春天是祖父最喜歡的季節，也是他出生的季節，神明一定會保佑他。

我打開牛奶巧克力的盒子，抓了一顆塞進他的嘴裡。

「啊——，好好吃喔。」

祖父用懇切的聲音說道。

情人節當天，我將事先準備好的巧克力送給社團好友和美緒，而她送我的是親手做的松露巧克力。

「好厲害喔！好像店裡賣的。」

「沒啦！做起來比想像中簡單。」

「妳媽一定很開心吧。」

「嗯……應該吧。」

她浮現一抹曖昧的笑。

美緒好像真的沒送給中原。反正我們沒送也沒差，因為午休時間一到，中原就被隔壁班女生叫出去，還收到一年級學妹送的巧克力，只見其他男生發出混雜著嫉妒與羨慕的噓聲。

放學後，我步出教室時，還撞見學妹將紅色包裝的東西遞給他。

我的視線和突然回頭的中原撞個正著，他微笑著。

笑什麼笑！白癡啊！我帶著怒氣回家。

因為今天沒有社團活動，所以四點多就到家了。

約莫一個月前，天色不到五點就開始暗了。現在白天時間變長了，天空清澄，風也不再冷得刺痛臉頰。

稍微跑一下吧。中原也說每天多少練習一下比較好。不，不是因為他這麼說，我才跑的。

對了，聽說跑步時吃個巧克力不錯。在嘴裡塞了一塊友情巧克力後，便出門練跑。

果然才跑一下子就覺得好難受。又來了，Dead Zone。我想著只要咬牙撐過去，所以第一次繼續跑，反而更痛苦。

這樣不行。我告訴自己別跑了，呼吸聲大到有點刺耳。不行，真的沒辦法，根本不可能變得輕鬆，絕對達不到什麼Second Wind。

結果我又拖著蹣跚步伐走著，成了午後散步。

不行，等稍微平靜下來後再繼續跑吧。我邊這麼想，邊往前走，就這樣來到河邊。

因為從河面吹來的風格外寒冷，所以我總是避開走到這裡。但今天心情還不錯，決定沿著河邊步行。

這一帶有好一陣子都是沒有顏色的枯草，沒想到地面開始長出嫩草。在這片風景中還出現鮮豔粉紅色。

總覺得這顏色好眼熟，好像是人的背部……我湊近一瞧，果然是美緒。她似乎沒察覺到我，只見她抱膝望著波光粼粼的河面。

我悄悄走近，想嚇嚇她。

「妳在幹嘛啊？」

我怔住了。美緒在哭，眼睛紅紅的，淚水濡濕了臉頰。

「啊——，哈哈哈，嚇我一跳！」

美緒用手掌遮住眼睛一帶，偷偷擦眼淚。

「怎麼了？」

瞬間，我有點猶豫這麼問好嗎？卻又不知要說些什麼。

「嗯，有點事啦！」

她勉強擠出笑容。

我馬上聯想到情人節。該不會是她送誰巧克力，結果被拒絕吧？

「就是家裡有點事。」

「家裡？什麼事啊？和爸媽吵架嗎？」

我和美緒都是獨生女，所以沒有兄弟姊妹可以吵架。

「嗯……要是吵架的話就好了。」

她又望向河面。

「唉——，既然都這樣了，我就招了吧。」

美緒抱著頭，就這樣往後躺。我也學她，仰躺在枯草上。

天空的顏色躍入眼簾，不是那種寒冬的冷冽藍，而是蘊含著些許暖意的初春藍。

「我媽不愛我，也許說愛不愛的有點沈重，但真的就是這樣。講白一點，她就是討厭我。」

「不會吧？怎麼可能？你們是母女吔！」

「是真的。正因為是母女，所以我感受得到。」

「為什麼會這樣？」

我說完，有點後悔自己想都沒想，就這麼問。

「我媽心目中的女兒，不是像我這樣的孩子。」

「什麼意思？」

「好比從小她每次幫我梳頭髮時，就會說：『為什麼這孩子的頭髮不夠黑，又有點自然捲呢？要是一頭又黑又直的頭髮就好了。』不然就是突然抓住我的鼻子，用力拉扯，我若喊痛，她就會說：『這樣拉，鼻子才會挺一點啊！』還有啊，她覺得我穿什麼都不好看，就埋怨買衣服給我也沒用。看到電視上美麗的女演員，就會說：『妳不想一生下來就這樣嗎？應該想吧。』在路上和可愛的孩子擦身而過時，居然說：『好羨慕那孩子的媽媽喔！』」

「怎麼這樣啊！」

我趕緊將「**好過分**」這幾個字吞進肚。

「妳要不要跟妳媽溝通一下，叫她別說這種話。」

「有啊！我說了。結果她說什麼因為我是妳媽、我們是一家人，所以才會這麼說，別人可不會跟妳說。況且我是為了妳好，才說實話啊！」

我腦中浮現美緒母親的臉。

「可是你們長得很像啊！」

像到任誰一看就知道他們是母女。

「所以她才會這麼介意，無法釋懷啊！」

「無法釋懷是什麼意思？」

「我媽自己是鳶，卻想生出老鷹，而且是非常漂亮的老鷹，所以我才想整形，徹底改頭換面，變成老鷹。」

美緒的母親八成也不喜歡自己吧！她對於自己的長相、樣子很自卑，也就無法喜歡和自己長得很像的女兒。但這種事我又說不出口。

「我爸媽的感情很差，總是在吵架，大大小小的事情都能吵。而且我爸不在的時候，我媽就會一直說他的壞話。不對，從她那張毒嘴吐出來的是詛咒吧，一直吐出詛咒的話。」

「為什麼會變成這樣呢？」

「從我開始懂事的時候，他們一直都是這樣，處不來吧。只要我爸在家，我媽就很焦躁。而且啊，我媽總是說：『我要是美女，才不會嫁給這種人。』總之，就是這麼一回事囉。」

「可是這不是美緒的錯啊！」

「話是沒錯啦。但家人之間的情感，不是用道理能說清楚的，像我家的表達方式都很直來直往。好比今天，我把自己做的情人節巧克力拿給我媽時，她卻說：『妳還是別吃巧克力，要是臉上冒出青春痘，不是很難看嗎？』還說：『因為我是妳媽，才會這麼說，別人才不會管妳，只會在背後笑妳。』」

「不對吧？就算是親人也不能想說什麼就說什麼啊！不能毫無顧忌地傷害家人吧！」

「我媽認為這麼說是為我好。」

我愈聽愈覺得心好痛。

「還有啊，剛才我把社會課去參觀鄉土資料館拍的照片拿給我媽看，就是那張團體照。梅澤不是和我們同班嗎？」

梅澤同學是不折不扣的美少女，被東京的演藝經紀公司看上，聽說她去試鏡時，還被初次見面的其他學校男生告白。

「我媽看到梅澤就說：『長得好漂亮喔！長大後一定是個大美女。』我問她：『媽，妳想要這樣的女兒嗎？』她回了一句：『當然啊。』我真的是當場怔住，不曉得該說什麼。每次在學校看到梅澤，就像看到電視上的偶像明星，總是想著自己要是長得像她一樣漂亮就好了，我媽肯定會很開心吧。我知道自己這想法真的很蠢，但就是沒辦法不這麼想。有時候會覺得很難過，難過到不行的時候，就會跑來這邊囉。」

美緒緩緩坐起來，再次抱膝，望著河川。我也坐了下來。

「人家不是說順水流嗎？就讓悲傷心情和淚水在這裡順水流，讓河水載走我的悲傷和淚水，送到大海。」

映照著陽光的河面閃閃發亮。

「所以啦，我想整形，想變漂亮。希望變成和現在完全不一樣的我，變身美女。」

「嗯。」

但這麼做，美緒和她媽媽的關係就能變好嗎？這樣她就會開心嗎？

雖然我有點無法理解，卻又說不出哪裡不對勁、哪裡怪怪的。或許對現在的美穗來說，這就是她竭盡全力找到的答案與希望吧。

或許大人看來會覺得這是無聊、又微不足道的煩惱，但這就是讓現在的我們煩惱不已，占了大半思緒的問題。也許哪天回首，會覺得那時的自己怎麼會煩惱如此無聊的問題。明知如此，現在的我們卻無法逃離這小小的煩惱，而這種無能為力令人難堪。

我也是，現在滿腦子都在想如何克服馬拉松大會，還有祖父的事。明明怎麼想都沒用吧！

我曾在電視上看過一部關於靠拾荒過活的小孩的紀錄片。她住在環境十分惡劣、實在稱不上是家的地方，每天都得從飄著惡臭的成堆垃圾山撿拾東西，賴以維生。

如果那孩子和我交換一天生活的話，應該會覺得我的生活像是天堂。

我們現在煩惱的事真的很微不足道，實在稱不上是悲劇，卻也不知如何是好。現在的我們只能為這種無力感痛苦得不斷掙扎。

因為天色已暗，我先送美緒回家，回家途中經過中原家門前。

設有玫瑰花拱門的庭院裡矗立著一棟西式民宅，一樓亮著燈。中原的房間應該在二樓吧？

「咦？星野同學？」

我聞聲回頭，果然是中原，他剛結束社團活動回來的樣子。

「呃，啊，不是，那個。」

我用力揮手否認，反而更啟人疑竇。

「難不成妳是拿那個來給我嗎？」

「嗯？」

「情人節巧克力。」

「蛤？怎麼可能啊！情人節？什麼啊？我只知道二月十四日是山本周五郎的忌日，要吃樅木！」

「這個……國中生聽得懂嗎？我是聽得懂啦！其實我還蠻喜歡他的作品，

也是因為朋友推薦我才看的。他的《殘留的樅木》很棒。」

真叫人意外。其實我沒看過山本周五郎的作品，我之所以知道他的祭日，是聽祖父說的，知道樅木一事，也是看到祖父的書櫃上擺著山本周五郎全集。

「反正你已經拿到那麼多了。」

我指著中原手上那個八成裝著情人節巧克力的紅色紙袋，還窺看得到一小截粉紅緞帶。

「巧克力很好消化吸收，馬上就能變成能量來源，最適合跑步時吃了，所以馬拉松大會的中繼站會擺放巧克力。」

他笑著打開紙袋。

「這我聽過，所以今天也在口袋裡塞了幾塊巧克力。」

「就算吃巧克力補充能量，妳也沒怎麼在跑啊！」

「當然有啊！比之前好多了。」

「那就好。」
「阿浩，你回來啦？」
稍微裡面的那扇門開啟，瞧見有個人影。
「喔，嗯，哥，我回來了。」
「你還有哥哥啊。」
「嗯，是啊。」
「那這給你和你哥吃。友情巧克力，剩下的。」
我從口袋掏出一小袋巧克力。
「因為一直塞在口袋，也許有點融化。」
「我看妳根本沒在練跑吧。不過還是謝啦！連我哥也有得吃。」
中原將小袋子舉到與臉齊高，輕輕搖了搖。
我朝門旁陰暗處微微頷首行禮，對方也回禮。

隔天到校時，美緒馬上跑向我。

「昨天真不好意思，還讓妳特地送我回家，謝啦！妳還好吧？不會太晚回家吧？」

「沒事，一點也不晚。我還遇到中原，就在他家門口。他拿了很多巧克力，心情很好呢！」

我沒說出給巧克力一事，反正只是剩下的友情巧克力。美緒笑了。

「中原有哥哥吔。」

「咦？」

看到美緒驚訝的表情，我也很詫異。

「昨天碰巧看到。」

「是喔，中原他哥哥啊……這還真是重要情報呢！雖然住在同一個鎮上，我也好幾年沒見到他哥了。」

「嗯？什麼意思？」

「也是啦，這是小茜搬來這裡之前發生的，難怪妳不知道中原他哥哥的事。」

「什麼？什麼事啊？」

美緒偷瞄了一下周遭，湊近我。

「他們兄弟倆的年紀差蠻多，記得差了十歲左右吧。他和中原一樣，曾是個運動神經一流的田徑選手，還參加過國際大賽呢！當時還是高中生的他，可是史上最年輕的選手。我們這種小城鎮頭一次出現名人，大家都超興奮的，不但在市立體育館舉辦誓師大會，還收到很多捐款，連地方新聞、電視台都來採訪他。當時小茜雖然沒住在這裡，但不是住在同一個縣內嗎？妳不記得了嗎？」

她悄聲說道。

我偏著頭，試圖喚醒遙遠的記憶，但畢竟我那時還小，對運動方面的新聞報導完全沒興趣，所以幾乎沒什麼印象。

沒想到中原的哥哥那麼厲害。

「沒想到他竟然在最拿手的百公尺短跑預賽落選，另一項比賽雖然有出場，卻因為在比賽過程中妨礙其他選手而被判喪失參賽資格。預賽落選就不說了，喪失比賽資格一事眾說紛紜。當然他不是故意犯規啦！只能說大家對他的期望實在太高了。比賽當天，體育館架起巨大螢幕轉播賽事，以鎮長為首，來了很多有頭有臉的人，鎮上的人都守在電視機前幫他加油呢！當地的媒體也來採訪，沒想到結果卻是那樣。我爸媽也有帶我去看轉播，記得結束時，大家都低著頭，齊聲嘆氣，氣氛相當凝重。後來還有人出來說嘴什麼捐款的事，絕對不是中原家要求大家做這種事。甚至有人說他哥『辜負大家的期待』、『虧大家幫你加油成這樣』，甚至有人譏諷他『還有臉回來嗎？』反正有些人就是喜歡落井下石，宣洩自己的情緒。

聽說他哥偷偷回國，從此再也沒出過家門，因為害怕別人對他指指點點吧。深受打擊的他健康出了狀況，也沒辦法上學。加上有人閒言閒語，說他哥『毅力太差，連這種試煉都沒辦法克服，所以上場比賽時才會失常。』簡直是把他逼到絕境。後來某天晚上，救護車和消防車開到中原家，聽說他哥服藥自殺，引起不小的騷動。」

「後來呢？」

「我也是聽別人說的。」美緒說，「幸好撿回一條命，住院一陣子就是了。出院回家後，就幾乎足不出戶，連附近鄰居也沒見過他。」

原來如此，還有這種事啊。

上課鐘響，美緒回到自己的座位。

我望向靠窗那一排的座位，中原的側臉依舊如常。

今天也有體育課，但不曉得是不是心理作用，總覺得剛開始跑的時候比以前輕鬆許多，但還不到能感受Second Wind的程度就是了。

我看向男生那邊，中原輕鬆領先其他人。

果然是遺傳、血緣的關係吧，他哥哥也跑得很快。

他和哥哥一樣都是飛毛腿。中原是如何看待這件事？受到哥哥的影響而參加田徑社嗎？還是為了雪恥？

＊＊＊

明明每天早上到校時，都會想著接下來還有六個小時的課要上，好久喔，日子卻在不知不覺中流逝。

我望著夕陽，想起每天都有一間書店消失的這則報導。

明明和昨天沒什麼兩樣，也是依舊這麼度過一天，卻在我不知道的地方發生這樣的事，我無法做些什麼，杵在這裡著急也沒用。明明不是什麼天大的事，但我一想到，就會湧起想在房裡踱來走去的衝動。

這種感覺和去祖父的房間時很像。明明自己沒辦法幫他做些什麼，卻還是想著必須為他做些什麼。問題是，我也不曉得該怎麼做比較好。

祖父在睡覺。看他閉著眼，我心頭一驚，趕緊走上前，確定他還有氣息，只見他緩緩睜開眼。祖父似乎很淺眠，所以容易醒來。

「對不起，吵醒您了嗎？」

「沒有，我只是稍微瞇一下。不過我做了個夢喔！好久沒做那個夢了。」

「什麼樣的夢？」

「關於狗的夢。」

「狗？家裡養過狗嗎？」

「不是家裡養的狗，是野狗。」

「野狗？」

「是啊，那是爺爺還年輕的時候，大概三十幾歲吧。當時我帶的是國一生，班上有個一直沒來上學的孩子，於是我去拜訪他家。那地方我不熟，學生的家就在一片桃子園中。去他家途中，不曉得從哪裡傳來狗吠聲，不是單純吠叫，而是聽起來很痛苦的叫聲。我看向聲音傳來的方向，瞥見一隻黑色野狗的前腳被捕獸夾夾住了。」

「捕獸夾，就是陷阱什麼的嗎？」

「沒錯，雖然現在禁止使用，不過當時倒是挺常見的。聽說不是果園為了防止動物來偷吃而設的，而是捉那些趁桃子收成期，出沒果園偷桃子的賊。因為桃子是高級水果，可以賣出好價錢，所以每年農家都為防賊一事頭痛，畢竟損失不小。想想，那些小偷之所以趁一年收成這麼一次時，偷偷幹這種缺德事，就好像看到樹枝上掛著現金吧。通常都是好幾個人趁晚上來偷摘看起來賣相佳的桃子，結果被害農家一早醒來，看到辛苦栽植的桃子幾乎被偷光，真的是欲哭無淚啊！所以農家主人就想到用捕獸夾來對抗小偷。證據就是在果園入口和沿著道路的樹枝上，貼著、吊掛著『警告！有捕獸夾』、『此處有設置捕獸夾』的紙。雖然這麼做是為了遏止、警告小偷，但動物不識字啊！所以就會誤觸陷阱，痛苦吠叫。那隻黑狗被夾住的前腳滲出黑血。」

「好可憐喔！那東西拆不掉嗎？」

「我也是這麼想，便走過去瞧瞧，原來捕獸夾有上鎖，所以沒有鑰匙根本拆不掉。捕獸夾的鋸齒已經深陷牠的肉裡，肯定很痛，而且越掙扎，鋸齒就陷得越深。問題是沒鑰匙也沒辦法拆掉啊！雖然那隻狗求救似的看著我，但爺爺只能一直跟牠說對不起，聽著牠那越來越微弱的叫聲，無奈離開。我想果園的主人應該會過來幫牠拆掉吧，畢竟那不是用來捉捕動物用的。我邊這麼祈禱，邊急忙前往學生家。我有見到那個學生，原來他不是因為遭霸凌而不想上學，而是因為生病的關係，下週應該就可以復學，這件事便這麼解決了。回去時，學生家長說要開車送我去車站，我雖然很掛心那隻黑狗的事，還是接受了家長的好意。

五天後，因為有文件要那孩子填寫，所以我又造訪他家。其實等他來上學再填寫也可以，但我因為掛心那隻狗，所以決定跑一趟。我又來到果園附近，但沒看到那隻狗，想說應該是農家主人幫牠拆掉捕獸夾了吧。結果就在這時，我看到草叢裡有一團黑黑的東西，走上前一瞧，發現是個捕獸夾，鋸齒之間夾著一隻狗腳。」

「不會吧！怎麼會這樣？」

「應該是牠的腳壞死了。野狗就這樣捨棄腐壞的腳，不知跑哪兒去了。雖然我沒看到牠後來的模樣，但腦中清楚浮現缺了一隻腳的狗兒一拐一拐走路的模樣。」

祖父說到這，喘了一口氣。

「後來過了一陣子，我搭乘平常不太會搭的電車，去位於縣內比較偏鄉的學校開會。這輛電車走的是山線，我望著窗外和平常不一樣的景色，心想不知道能不能看到盛開的野百合，沒想到卻瞧見鐵軌旁的草叢裡有一隻黑狗。那隻狗就站在高度剛好是從電車可以看到的堤防上，用三隻腳挺立著，看向我這邊。就在我想：**是那隻狗沒錯**！感覺我們的視線對上了。牠那踏遍野地、強而有力的站姿，是那麼威風凜凜、神聖不可侵犯。雖然是僅僅幾秒的事，我卻不是單純地想著真是太好了，而是打從心底震撼不已。牠還活著，原來活著這件事是直到死去的瞬間都還活著啊！雖然這是理所當然的，但牠那樣子深深烙印在我的腦海，怎麼也忘不掉。後來過了好幾年，偶然夢到過一次那隻狗。已經超過十年沒夢到牠了，真的隔了好久啊！」

祖父稍微潤一下有點乾的唇。

「無論是什麼樣的姿態，在生命沙漏最後一粒沙掉落的瞬間為止都還活著。爺爺的身體雖然變得這麼孱弱，很多地方都不堪用了，大概死了一半吧，但我還活著。雖然覺悟到很多事都必須逐漸放棄，但直到最後一刻，我都不會放棄活下去。」

「所以您一定要活得長長久久。」

我靜靜頷首，說道。

祖父喘口氣似的微笑。

「不可能啊！人上了年紀會告別這世界是理所當然的事，也是自然界的法則，但是活著這件事不是理所當然的。我們很容易忘記活在當下，活在這一刻絕對不是理所當然的事，任誰都是如此。我的父親沒能當上爺爺，我卻隨著年歲漸增當了爺爺，然後在這個年紀走完人生最後一哩路，這是多麼幸福的事。就算爺爺不在了，也不必悲傷，忘了我也沒關係。其實忘了還比較好，因為通常是在煩惱、情緒低落時，才會想起已經去了另一個世界的人。」

「才沒這回事！我會想起來的。每當爺爺最愛的春天來臨時，爺爺最喜歡的花開時，還有看到爺爺最喜歡的大福點心時，我一定會想起爺爺。」

「真好，這樣就夠了。」

祖父用他那指尖顫抖、瘦骨嶙峋的手握著我的手。

感受得到骨頭的觸感，我強忍淚水。

有時候，我會打這種小賭，大家應該都做過吧。好比要是紙屑能夠準確丟進垃圾桶，這次考試成績一定有八十分以上，不然就是中了什麼獎。

雖然打這種賭毫無根據，也沒有效力；雖然心想好無聊、一點意義也沒有，但還是賭了。也許沒什麼意義比較好吧。

記得母親說過她都已經是成熟大人了，也還在打這種賭。如果中了就覺得很幸運，就算沒中也不在意。要是猜中了，心情也頓時輕鬆許多，就是抱著一點玩心。

不過，這次不一樣，我認真祈願：**如果這次馬拉松大會，我能跑完全程，都沒有用走的話，祖父就能多活兩年。**

原本想說賭個五年，但要是以此為交換條件，我恐怕得名列前茅才行。而且打這種賭還挺有勇無謀的，所以決定賭兩年。

雖然我知道打這種賭根本無憑無據，但總覺得要是我誠心祈願，也許能感動神明。搞不好神會覺得：**既然這個人成功克服了最痛苦的事，應該獎賞她。**

童話故事裡總是有克服困難，就能心願成真的情節。

沒錯，突破Dead Zone。

這麼一來，祖父或許能脫離病痛的折磨，感受到舒爽的風。

為了達到這目的，只有鍛鍊一途。

從沒想過我對於運動也會有如此積極、充滿幹勁的一天，連自己都感到很驚訝。

＊＊＊

隔天午休時間。

「這次的馬拉松大會，我無論如何都要努力才行，所以希望你能教我怎麼跑步。」

我對中原這麼說。

「我是可以教妳啦！妳是因為在意計分方式，怕拖累大家嗎？」

中原瞠目說道。

「不是。呃，也是有一點啦。總之，我想稍微跑快一點。」

「嗯，好，我知道了。」

中原可能是被我的認真態度折服了，很爽快地允諾。

總之，決定週末午後練跑。

週末午後是一片蔚藍晴空的舒爽日子。

中原依約準時三點出現在我開始練跑時，兩人偶遇的地方。

「唷！」

「不好意思，你才剛結束社團活動。」

「沒差啦！反正我一直都在練跑。」

看來他真的很喜歡跑步。

但跑步這件事卻讓他哥痛苦萬分。他哥現在已經完全不跑了嗎？不過就算如此，還是比一般人跑得快吧，搞不好他用走的都比我用跑得快呢。

「雖然讓運動神經變好，不是一件簡單的事，但也不是無法辦到。」

「該怎麼做比較好呢？」

「運動神經是一條讓大腦下令肌肉活動的神經，所以運動神經好的人，能用腦中想像的正確姿勢讓身體動起來。」

是這樣嗎？所以說，我的腦部傳達系統在偷懶囉？

「要想養成正確姿勢，必須反覆練習，練到腦子和身體自然記住。擅長運動的人，知道如何讓身體動起來的要領和訣竅，並抓住這種感覺。」

我邊點頭，邊想著我這邊和他那邊隔著好大一座山，完全不覺得自己會成為他那邊的人。

「我覺得自己不可能做到。」

「別這麼說。就算是運動神經超差的人，只要肯花時間練習，一定能養成正確姿勢。」

運動神經超差的人。既然他都這麼說了，我應該要更努力，是吧？

「不過啊，跑步不像球類運動那麼要求就是了。但跑步可是所有運動的基本功，無論是鍛鍊肌力，還是提昇運動能力，打造出適合運動的身體；而且跑步還能鍛鍊核心肌群，培養身體的柔軟性，有效活用身體的彈簧，讓身體變得輕盈。」

聽他這麼一說，有種自己應該也能做到的感覺。

「先從暖身運動開始吧。要是突然激烈運動，心肺等循環器官和呼吸器官會一時無法適應喔！」

中原開始暖身，我也跟著做。暖身後，開始練跑。

「因為大家從小就在跑，自然被視為誰都會做的運動。是也沒錯啦！但跑步也是有所謂正確的姿勢，只要稍微改變姿勢，便能減少身體負擔，也能降低受傷風險。跑步姿勢不對，只會浪費體力，累得半死。」

中原邊跑邊說，他為了配合我，跑得相當慢。

「背再挺直一點，不能駝背，駝背會加重腰部和膝蓋的負擔。肩膀放鬆，收下巴，看著正前方。」

他說明得很詳細，都是我從沒意識到的事。

雖說如此，我果然馬上就覺得很痛苦，要是平常的話，早就停下來了，今天卻沒有。

哪怕速度和走路沒兩樣，我也要一邊意識正確的跑步姿勢，繼續跑。

「沒錯，很好，就是這樣。」

還是第一次有人誇獎活動身體的我，不是嗎？

意識到呼吸的同時，感覺抓到節奏感，雖然速度還是很慢。而且很容易天真的以為自己往輕鬆一方靠攏，其實任誰看來，我都還在試著努力吧。

「今天就練到這邊吧。」

直到中原這麼說為止，我還能跑。

隔天週日，兩人也約好時間練跑。

感覺跑起來比昨天稍微輕鬆些，照這情形下去，應該可以達成目標吧，因為平日我也會獨自練跑。

不可思議的是，一跑步心情就好好，有如完成一件任務似的，心情好舒暢。

＊＊＊

那天我放學回家，瞄了一眼明天的功課表，想起有書法課。

我找到一套書法用具，墨汁卻沒了，想說出門買一下，順便練跑。

我用自己的速度跑到鎮上唯一一家超市，走進店裡一瞧，傍晚人還真多。

我走向文具用品區，瞥見前方穿著制服的背影很眼熟。就在我想應該是某人時，他突然回頭……

「中原。」

他好像也很驚訝的樣子，身旁站著和他一樣高的男人。啊，他是……

「妳在幹嘛？買東西？」

中原反問。

「啊，嗯，明天上書法課要用的墨汁沒了。」

「對喔，我也是，只剩一點點了。謝啦！多虧星野同學，我才想起來。」

站在開朗笑著的中原身旁，一副皮笑肉不笑的男人長得和中原好像。

「啊，這是我哥。這是我的同班同學星野，就是之前送我們巧克力的那位。」

中原的哥哥露出「原來如此」的表情，我們彼此點頭打招呼。

「中原，今天不用去社團嗎？」

「今天有事沒去。啊，墨汁，應該在這裡吧。」

中原走到我身旁，背對著哥哥和我並肩站著，伸手拿架上的墨汁。

「我得帶我哥去醫院。」

他悄聲地說，表情看起來有點嚴肅。

「好了，買齊了。」

他將一罐墨汁放進他哥哥提著的購物籃，籃子裡還放著牛奶、零食。

「啊，對了，還要買吐司。可以在這裡等我一下嗎？我馬上回來。」

他對哥哥這麼說後，隨即跑去麵包區。

現下只剩下我和他哥。就在我思索要說什麼好時，沒想到他先開口。

「呃，那個謝謝妳的巧克力。」

「啊，不客氣，一點小東西。」

「很、很好吃。」

「沒、沒有啦。」

「是真的，真的很好吃。」

總覺得很不好意思，應該送他們更像樣一點的巧克力才對。

「呃，那個，聽說妳對運動很棘手。」

中原連這事也告訴他。

「是啊，中原肯定把我說得很悲慘吧。」

「沒有，沒這回事。很有趣呢！最近他都會聊到妳。」

這時中原回來了。

「平常買的那個沒了，英國麵包可以嗎？」

他哥點點頭。

「先走囉！」

中原說完，便離開了。兄弟倆並肩走著，連個頭都差不多高，兩人的背影比長相更像。

我邊跑回家時，一直在想他們的事。

中原的哥哥也是田徑選手，而且很有名，曾參加國際大賽。聽美緒說，他哥哥幾乎足不出戶。

所以今天算是特別囉？中原說帶他去醫院，是哪裡不舒服呢？

因為老師們要研習，所以這禮拜三只上半天課。

社團活動也比平常早結束，所以我和中原又去練跑。

「狀況愈來愈好喔！比剛開始好多了。應該能夠享受跑步的樂趣吧？」

練跑結束後，中原這麼問我。

「嗯……還沒辦法像中原一樣享受跑步的樂趣吧。」

「要說享受嗎？應該是喜歡吧。」

「你喜歡跑步是因為受到哥哥的影響嗎？」

「咦？」

中原的表情突然僵住。慘了，我說了不該說的話嗎？

「其實我也不是很清楚，只知道他是很有名的田徑選手。」

「有名？如果變得不有名的話，妳會這麼看待這個人？」

「嗯？」

「妳都知道了吧？連我哥為什麼變成這樣的經過。」

我沈默不語。

「無所謂啦！反正也沒什麼好隱瞞。」

中原粗魯地拔掉手邊的枯草。

「他一直以那個為目標，作為人生的重心，持續不斷努力，結果卻落得一場空。妳覺得這樣的人會變成怎樣？就是成了一副空殼啊！不再是選手，只是一副空殼！」

「怎麼會……」

「這就是事實啊。他一直那麼喜歡跑步，覺得自己是為了跑步而來到世上，現在卻為了這件事而痛苦。我知道從事任何運動難免會遇到困難和挫折，我哥沒辦法克服是因為他不夠堅強吧。要是早知道會這樣，當初就不該進入這領域，也就不會活得那麼痛苦了。我是這麼覺得啦！」

「你哥會後悔嗎？走上田徑這條路。」

「我也不知道，我沒問他。要是後悔的話，就等於否定自己一路走來的人生吧。我決定參加田徑隊時，也很迷惘，擔心我哥和我爸媽不高興，看到我跑步的模樣，想起那段討厭的回憶。沒想到是我多慮了，他們知道我很喜歡跑步。我要是在意我哥，放棄自己的興趣，只會讓他更不好受、更難過。」

我能明瞭中原的心情。

「所以我不是為了替我哥雪恥才跑，我是單純喜歡跑步，喜歡到不行。」

吹來一陣冬日的風，帶著一股乾草香，河面的閃爍像針扎般沁入眼裡。

我好羨慕和我同樣年紀，卻已經清楚知道自己喜歡什麼的中原。

中原，好強，知道自己喜歡什麼的人真的好強。

那天晚上，我去祖父的房間。

「唷，發生什麼事了嗎？」

我一走進房間，祖父就這麼問。

「咦？為什麼突然這麼問？」

「因為看妳一臉神清氣爽。」

「是、是喔？」

祖父的肉體雖然很孱弱，其他感覺卻變得敏銳。

「可能是為了馬拉松大會練跑吧。馬拉松大會就在明天。」

「是喔，加油囉！我會躺在這裡幫妳加油。」

要是我能「跑完」全程，爺爺就會好起來。當然打賭這件事是不能說的秘密。

「嗯，我會加油的！」

＊　＊　＊

今天是個風和日麗、適合跑馬拉松的日子。

「真是的，好討厭喔！什麼十公里啊？根本是搭交通工具移動的距離嘛！真不懂這樣跑有什麼意義可言，煩死了。」

美緒依舊一副提不起勁的樣子嘀咕著，但一開始跑，她倒是跑得挺快。

乍看好像對這件事不感興趣，一旦要做就會做出不錯的成果。這就是美緒的一貫作風。

我只能竭盡所能了。雖然是老套到不行的一句話，卻意外地在這時候明白這句話的真理。

明鏡止水。這是裝飾在祖父的房間，寫在色紙板上的一句話。祖父曾告訴我這句話的意思：**沒有半點邪念，平靜沈穩的心，有如不染一絲塵埃的鏡子與澄靜的水**。

我雖然有邪念，不，這不是邪念，而是祈願：**要是我能順利跑完全程的話，祖父一定會好起來**。

就在我這麼思忖時，男子組起跑。

「反正中原一定又是第一吧。」

美緒說，其他人也是這麼想吧。

結果確實如大家所想的，只是這樣的結果可是經歷過一番周折。

和中原是對照組的我，也是大家早就料想得到的結果，毫無疑問，肯定是敬陪末座。就連班導矢崎老師也在大會開始前，斷言我肯定是最後一名。

「星野同學，妳回來的時候，教室裡應該都沒人了。妳走的時候記得要關燈喔！」

算了，現在的我是明鏡止水，只想與自己奮戰。

女子組也起跑，路線是學校周邊道路。

到處站著老師或家長會的人，以往我只有通過他們面前時，才勉強用跑的，剩下的路程全都用走的，但今年的我不太一樣。

不，完全不一樣，我竟然設法跟上吊車尾這一組。

感覺大家都滿臉問號的看著我，誰叫我總是連吊車尾這一組都跟不上。

不會吧？她居然跟上來，莫非我們速度變慢了嗎？她們的內心八成很焦慮吧。無論去到哪兒，都會有這樣的仗要打。

你們沒變，是我重生了。

瞧見有人逐漸跟不上這個烏龜組，那樣子活脫脫就是去年的我。

我的身後居然還有人啊！猛一回頭，距離還拉得蠻開的。喂，不會吧？路在我的身後形成。說這句話的是……高村光太郎*嗎？我的身後居然有人，有種想寫詩歌詠一番的心情。

現在的我不是用走的，感覺就連身體也變得輕盈。雖然剛開始跑很痛苦，但為了追上烏龜組，我死命地跑，於是在某個時刻突然覺得好輕鬆，不再像以前那麼痛苦。

莫非這就是Second Wind？

其實練跑時，從未嘗過這滋味。想起自己為了嘗到這滋味，有多麼辛苦；克服痛苦過程，總算達到這般境地。其實練跑時，並沒有跑成這樣。

是因為我鍛鍊出肌力，心肺功能強化的緣故嗎？

不，這是奇蹟。難不成是爺爺的……

此時此刻，耳邊清楚響起祖父的聲音，感覺他好像就在我身邊，宛如一種奇蹟體驗，其實什麼都沒發生。

或許看在旁人眼裡，我只是死命追上吊車尾這一組，根本不是什麼奇蹟。明鏡止水……腦中浮現各種念頭又消失。不，人是會思考的蘆葦，總是思索各種事。

這麼說來，中原跑步時都在想什麼呢？下次問問他吧。

不對，馬拉松大會結束後，就不用練跑了，不是嗎？對喔，已經結束了。我們不會再一起跑步了。我居然在大會當天，而且是跑步的當下才察覺這件事，實在有夠蠢，內心頓時湧起無限惋惜。

＊注：高村光太郎（一八八三年～一九五六年），是日本詩人．彫刻家。其詩作《道程》中提到：『我的前方沒有路，路在我的身後形成。』

明鏡止水早已拋諸腦後，此刻的我心亂如麻。

我知道駐守在中繼站的老師們一臉驚訝地看著我，其中還有像在看什麼搞笑劇似的又跑來看第二次的老師，其實我自己也很驚訝。

我就這樣一路跑到終點。

明明一直在跑，卻覺得比去年輕鬆多了。

當然，無論名次還是時間都提昇了。就像原本總是考零分的孩子，總算考了個二十分。雖然離平均分數還很遠，第一更是遙不可及的夢，但這一步很大，跨出了一大步。

我走進教室，大家都還在，瞬間起了一陣騷動。

「今年還是不行嗎？決定棄權嗎？」

矢崎老師瞠目結舌地看著我，這麼說。

我不太高興地將名次表和證書拿給他看。

「這，這是……」

只見眼鏡底下的那雙眼睛眨啊眨的，看著名次表和證書。

「哇，好驚訝喔！這和中原二連霸，連續兩年刷新紀錄一樣有價值啊！」

教室裡響起掌聲。我看向中原，他笑著鼓掌。

「很拚喔！」

我收拾好東西，準備回家時，聞聲回頭。是中原。

「多虧中原的幫忙，謝謝。」

我行禮感謝。

「沒啦！是星野同學努力的成果。不過多虧這次的經驗，妳應該喜歡上跑步了吧？」

被他這麼一說，我才想起來。

「啊，對了。我今天在跑的途中有體驗到Second Wind喔！身體真的變輕了，感覺精神和心情也變得輕盈許多。我真的有感受到。Second Wind，第二陣風。」

「嗯？風？第二陣？wind的確是風的意思，可是在馬拉松是指呼吸，也就是再次呼吸的意思。」

「咦？是喔？無所謂啦。不過，那時的確有像是一陣風吹過的爽快感。」

「有很多人之所以持續跑馬拉松，就是為了不忘記這種感覺，也想再嘗嘗Second Wind的滋味。一旦進入Second Wind狀態，就算稍微提昇速度也不覺得累。要想體驗這種感覺，可以靠練習培養基礎體能。星野同學要不要藉此機會繼續練跑？」

「怎麼說呢？也許是為了這次的馬拉松大會，我才會這麼努力吧。」

「不過，要是藉由跑步鍛鍊核心肌群，做其他運動也不成問題喔。」

「嗯，我會考慮。」

回到家，我趕緊將名次表和證書拿給祖父看。

「喔喔、喔喔，很厲害呢！不虧是小茜。」

他的氣色看起來比昨天好，也許神受理了我的那個願望。

沒問題的，一定沒問題的，風向變了。今後一定會吹來舒服的風，總覺得似乎會發生奇蹟，不久便能克服Dead Zone。

＊　＊　＊

之後便是期末考、畢業典禮和社團歡送會。

結業式結束後，春假開始的那天，祖父與世長辭。

那是天空像在和光嬉戲似的春日早晨。

直到前天一切如常，他也吃了晚餐，沒有任何異狀。沒想到那天晚上，祖父便在睡夢中去了另一個世界，似乎沒有苦痛地靜靜嚥下最後一口氣。

若是在睡覺時死去，當事人會察覺自己已經往生了嗎？死亡與睡覺的界線究竟在哪兒？那時……會做夢嗎？

祖父曾說：「在生命沙漏最後一粒沙掉落的瞬間為止都還活著。最後一粒沙子終於落下了，在那夜晚。」

爸媽和親戚們都說，祖父不是在痛苦中死去，真是太好了。

平靜安穩地嚥下最後一口氣……有那種好的死法嗎？無論是哪種死法都很痛苦、寂寞。

因為跑完全程，所以安心地自以為神明受理了我的祈願，沒想到卻是突如其來的打擊。

想想，明明是毫無根據的事，我卻一味催眠自己，下意識地不願面對事實，只是給自己找理由，硬是往好的方面想。

無論怎麼做，也抵抗不了死神來敲門，沒有半點通融的餘地。

這不是我能改變的事。哪怕再怎麼焦慮，哪怕再怎麼著急不耐到彷彿胃在抽搐、燃燒，我還是會祈願，還是會攫住一絲希望，因為只能這麼做。

但是，不必再害怕了。

對於總有一天會失去的人事物，對於總是會來臨的那一天；雖然一想到那天就恐懼不已，也是沒辦法的事，終究還是得面對。

但是，不必再害怕了。

祖父曾說，試著從完全不同的角度看待事物很重要，因為能夠看到不一樣的東西。

沒錯，不必再害怕了。

無論是總有一天會失去的恐懼心情，還是已經失去的現在。

匆忙舉行祖父的喪禮。面對初次接觸的儀式和步驟，一切是那麼慌亂，所有事情就在與久違的親戚們寒暄問候之間，依序進行著。

有個五年沒見，住得很遠的小二男生猛喊我：「小茜、小茜。」拉扯我的頭髮，把我當成飛踢對象。還有個孩子和我一樣大的親戚阿姨，打破沙鍋地詢問我的近況，像是「妳四月就要升國三，準備聯考了。已經決定要報考哪間學校嗎？」不然就是「有上補習班嗎？」問得我很想退避三舍。

這些人並未對祖父過世一事深感悲傷、悼念。

附近鄰居毫無顧慮似的隨時進出我家，只要我稍微不注意，親戚的小孩們就會從我的房間翻出許多東西來玩，搞得我一刻也不得閒。

進行打釘封棺儀式時，每個人手上要拿顆石頭敲打釘子，年紀小的親戚小孩不聽使喚地哭鬧。還有在火葬場時，當工作人員拖出祖父的骨灰時，這些孩子大叫好恐怖。

一想到這情形要是再拖個兩、三天，真的很叫人很捉狂。當然還有其他鳥事。像是生魚片數量不夠；之後要分給大家用的水果籃不曉得被誰拿走；有人穿錯別人的全新的鞋子，因為剩下的男鞋又舊又髒，甚至懷疑是不是誰蓄意所為。大人們超認真地談論這件事，明明應該是氣氛哀悽的喪禮卻成了喜劇，還不時響起笑聲。

一般喪禮都是這樣的嗎？還是我們家比較特別。

只有在抬頭望著寺院庭園開始綻放的櫻花，還有盛開的白木蘭時，才會想到：**啊啊——，春天來了。**

這是祖父最喜歡的季節，他在自己最喜歡的季節去了另一個世界。

——**願死春花下，如滿月之時。**

想起這首和歌，這首和歌是祖父教我的。是誰寫的呢？

突然，天空的藍與白木蘭的乳白色像是混合似的滲開來。

今後一到春天就會想起故人，成了悲傷的季節嗎？明明是如此美麗的季節，明明不想討厭春天。

喪禮結束後，爸媽也精疲力盡。縱使如此，還是有很多後續事情要處理，忙個不停。我再次體悟到原來一個人離開世上，是多麼大費周章的事。

世間彷彿沒事般，依舊如常運轉著。

正在放春假的我，暫時腦袋放空。

「小茜也累了吧。」

爸媽這麼說。就算我一整天都愣愣的，他們也沒說什麼，不過還是得慢慢回復常軌就是了。

某天，我在有暖呼呼陽光照進來的自己房間整理錢包時，發現幾張收據，一看上頭的日期，突然怔住。

這是祖父還在世時的收據，我買這些東西時，祖父還活著。這麼想時，突然有股連自己都很驚訝的衝擊襲來。

祖父不在了，已經死了。彷彿現在才察覺一切已無法挽回似的驚惶失措。

從祖父過世的那天開始，之前與之後有如西元前、西元後，時光的流逝被清楚區隔。

明明我買這些東西時，祖父還活著。我就這樣緊握收據，哭泣著。

這是他老人家離開後，我第一次哭出聲。

我下樓來到客廳，瞧見父親將文件攤開在桌上，不知道在寫什麼。

雖然沒有週日的感覺，但今天的確是禮拜天。

察覺我走進客廳的父親抬起頭，他看起來和平常沒什麼兩樣。

「找到好幾張爺爺生前買的股票，正在整理。」

「爸，你看起來一點都不難過吔。明明爺爺已經走了，外婆過世的時候就不提了，可是爺爺是你的父親。」

父親微微挑了一下眉。

「我當然會難過啊，因為是自己的父親。可是到爸爸這年紀，與其說是難過，不如說是後悔吧。總想著要是這樣就好了，要是那樣就好了。想著要是自己能當個對爸媽來說，更好的孩子、更棒的兒子就好了。我這年紀是這麼想的，雖然從沒對他們說過就是了。總覺得很多事都很對不起他們。」

我想起美緒的事。我從沒這麼想過，這種事還真不少。

別人會深思、會感受的事，我卻絲毫沒有想過。也許有很多一輩子都沒機會思考的事吧。

「爺爺告訴我：『就算我不在了，也不必悲傷，忘了我也沒關係。其實忘了還比較好。』也許忘了也沒關係的意思，就是原諒很多事吧。」

「還真像你爺爺會說的話啊！」

爸爸微笑地說，那張臉看起來卻像快哭出來。

＊　＊　＊

新學期開始前，我走路去超市買筆記本。

從高空傳來鳥囀，風和日麗又溫暖的一天，空氣中混著花香，剛迸出的嫩草綠得好炫目。

我走進超市，瞥見入口附近的雜誌區有個熟悉身影。對方好像也察覺到什麼似的抬起頭看向我這裡，彼此「啊」的張口。

「你、你好。」

「你好。」

是中原的哥哥。他將手上的《Running Life》雜誌放回架上，我假裝沒看見。

「來買東西嗎？」

他用開朗的聲音這麼問。

「呃，不是，只是順路經過而已……身體還好嗎？之前聽中原說，他要陪哥哥去醫院。」

「喔，那個啊。因為我晚上睡不著，還有其他毛病就是了。」

啊，莫非我踩到地雷？可是感覺彼此比較沒那麼生疏了。

「不過，我已經好很多了。以前從沒想過自己也能像這樣一個人外出，看這種雜誌。」

他笑著指了指剛才翻閱的雜誌。

「還能像這樣和星野同學講話。」

他還記得我姓什麼，好開心。

「妳和阿浩一起為了馬拉松大會練跑吧。現在也有在跑嗎？」

「沒有，已經沒在跑了。最近家裡有點事情。」

「是喔，可是跑步很有趣吧？」

「啊，嗯……怎麼說呢？我原本非常討厭跑步。」

我脫口而出後才想到，中原的哥哥很喜歡跑步；可是現在不能跑步的他，是如何看待跑步這件事呢？

「我啊，有段時間非常討厭跑步，與其說是討厭，應該說是憎恨吧。不過現在稍微找回當初那個單純喜歡跑步的自己，完全不去想什麼紀錄、名次、選手、比賽之類的。以前當選手時，跑步是一項帶給自己最大喜悅，也是瞬間把自己推入地獄深淵的競技。但是現在的我可以不去想這些，純粹看待跑步這件事。」

他微笑繼續說道。

「而且啊，要是憎恨跑步這件事的話，等於憎恨過去的自己，否定曾經全心全意奉獻給這件事的自己。我不希望自己變成這樣。」

他用力頷首，看著我，那眼神如此強而有力。

這個人絕對沒問題，他一定可以克服Dead Zone，還有Senond Wind。

開始第二次呼吸，深吸一口氣，吐氣。

「阿浩他春假時的週末假日都會固定一個時間跑那條路線，妳要是想跑的話，就和他一起練跑吧。」

「好。」

我坦率點頭。

果然如他哥所言，隔天我在之前一起練跑的時間去那條路時，瞧見中原在跑步。

「唷，好久不見。」

他放慢腳步，來到我面前。

「呃，前陣子那個……你們家有事情。」

我知道他是在說祖父的事。

「我已經沒事了。我爺爺年紀很大了，又生病。」

「妳很喜歡妳爺爺吧？」

「是啊！可是他最後病況惡化，很痛苦的樣子，現在已經去到一處沒有苦也沒有病痛的地方。」

祖父已經撐過痛苦的Dead Zone，去到另一邊了，那裡一定正吹著舒服的風吧。

「啊，對了，今天遇到妳真是太好了。這給妳。」

中原從運動褲口袋掏出一個小袋子遞給我，是檸檬酸糖果。

「雖然遲了點，這是情人節巧克力的回禮。」

「咦？啊，你是說之前送的那一小袋巧克力嗎？那個是多的，不是什麼情人節巧克力，也不是什麼很貴的巧克力啦！」

「所以我也沒回送什麼很貴的糖果啊！」

「那你可要三倍奉還喔！」

「沒想到妳是這麼計較的傢伙啊！」

兩人相視而笑。

「能在有效期限之前拿給妳，真是太好了。」

我一看，離有效期限還有九個月左右。

「想說妳暫時不會練跑了，不，以為妳不會來了。」

中原露出有點傷神的表情。

「畢竟馬拉松大會結束了。可是中原不是說過嗎？跑步可以鍛鍊核心肌群，也有助於其他運動。至少在國中剩下的一年，還有高中三年也有體育課，多少讓我多一點勇氣上課，所以我想還是繼續練跑比較好吧。不過上了高中後，有美術、書法、音樂等各種社團可選，當然還是有體育課啦！啊，真想快點成為大學生喔！」

「嗯？大學也有體育課喔！」

「咦？真的嗎？」

「嗯，真的。不過好像只有一年吧，也不像國中和高中的體育課那麼嚴格就是了，而且好像是男女生一起上課。」

「拜託，不會吧？好煩喔！算了，我不上大學了。」

「蛤？就只因為這樣？」

「討厭啦！為什麼體育課那麼陰魂不散啊！」

「體育課很重要吔！萬一和客戶交易時，ＦＢＩ突然闖進來，必須破窗逃走，從這個屋頂跳到那個屋頂；再不然就是遭警察追捕時，必須使盡吃奶的力氣逃走才行；還有走私船快沈沒的話，可是得游泳逃生啊！」

「你為什麼都舉一些壞人幹的事為例啊？」

兩人又相視而笑。

「總之，適度增加些肌肉，鍛鍊身體的柔軟度，萬一遇到突發狀況時，才能保護身體。所以我覺得體育課是一門守護自己生命的實用科學。」

「嗯，那我再試著練跑吧。」

我伸展一下身體，望向前方不遠處的河邊道路，櫻花幾乎滿開。

櫻花樹下。

啊啊――――，那首和歌是西行*寫的。我突然想起來，沒錯，是西行。

「我還不確定要不要上大學。總之，我要往西！」

「嗯？往西？什麼意思？唐三藏取經？」

「西行啦！西行。GO！WEST！」

我說完，便開始往前跑。

「等等，那邊是東啦！西要往這裡。喂，要先好好暖身！」

中原的聲音追過來，我卻沒有停下腳步。

無論是東還是西，也許別人看來是我搞錯了，但我是朝著西方跑。

無論再怎麼痛苦，只要持續不斷地跑，Second Wind就會來。一定會來。

一陣風吹過，櫻花花瓣像在祝福般四散飛舞。

＊注：西行（1118-1190），西行法師，俗名佐藤義清，平安時代至鎌倉初期的僧侶、歌人。

放學後

After School

其實我想成為〇〇。我不想變成會說出這句話的大人。

其實我想成為職棒選手，其實我想成為畫家，其實我想成為音樂家，其實、其實……

那麼，你現在活著的事實算什麼？難道不是真的嗎？為何否定現在的自己？所以你想說自己本來不該是這樣的人，而是在另一個世界閃耀發光的人嗎？

但「其實」這字眼有著找藉口的意思，只會讓自己更加不堪罷了。

我不一樣！**其實我想成為小說家，因為當不成，只好當國文老師**。這種話，我絕對說不出口。

因為我一定當得成，將來一定會成為小說家。

我從小就這麼認為，有如隨著時光流轉，小孩長成大人般理所當然，雖然要稍微花點時間，但我到現在還是這麼認為。因為要是不這麼想，便無法堅持到現在。

我的目標是學生時代出道，像大江健三郎和石原慎太郎*這樣。因為無法如願，而走上教職一途；但我不是出於無奈，也沒將教師這份工作視為過渡時期，不然對於學生和其他老師很失禮。

問我為什麼會這麼想？因為我看得很清楚，也深刻感受到。家父家母都是老師，我很尊敬他們，也明白老師有多辛苦，絕對是值得賭上人生的職業。

另一方面，成為小說家這念頭，也始終縈繞在我心上。

事實上，不少作家原本是老師，而且不只國文，意外的也有理科老師。

是的，作家的所有經驗都會成為作品的素材。

老師的日常生活也能成為小說的素材，花開之日總有一天會到來吧。

等到宣布我榮獲知名文學獎時，便能光榮返校了。文藝雜誌的卷首彩頁下

*注：石原慎太郎，日本作家、政治家，曾任東京都知事。

了這樣的標題：「重返曾經任教的國中」，還會刊載我以久違的黑板為背景拍攝的照片吧。下一頁則是我被學生們團團圍住，手上捧著花束什麼的；前同事一起入鏡也不錯，還附上這樣的評論：「矢崎老師任教時，就是一位深受學生喜愛的老師。」

我還會歡喜接受各方邀約演講，講題就是「夢想一定能實現，永不放棄作夢一事」，不知有多打動聽者的心啊！畢竟實現夢想的人就站在眼前，侃侃而談這件事，再也沒有比這更具說服力的了。

我也決定好到時要穿什麼衣服上台，而且報導標題不假手他人，由我親自操刀：「這天的西裝和領帶是用領到的第一份教職薪資買的，『穿上許久沒穿的西裝，有種煥然一新、身負重責的感覺。』這麼說的新銳作家，露出堅定神情。」

明明已經構思成這樣，卻無法落實。

文學獎的一般徵選有由地方政府舉辦的地方文學獎，以及由知名出版社主辦的文學獎等，我當然是以能成為專業作家的後者為目標。

因為我長年都在投稿，所以哪個獎什麼時候截止收件、什麼時候公布得獎名單、作品體例、張數等徵選要件都已存在腦子裡。

「對喔，因為〇〇獎的截止收件日近了，所以現在是春天啊！」或是「馬上就要公布通過初審名單，所以夏天快來了。」現在的我甚至能以獎項排程來感受季節移轉。

一整年的周期也是繞著文學獎的徵選打轉。好比利用這段休假，完成參加那個獎的作品，或是這時期因為要忙校慶的事，必須設法提前完成參加〇〇獎的原稿等。總之，各種新人文學獎已經完全融入我的生活。

無奈再怎麼寫，也無法通過初審。

所謂初審，也稱為預審，亦即先由幾個人看過成千上百的應徵作品。負責預審的這些人以新人作家、自由文字工作者為主。

總之，我從沒通過初審。

究竟為什麼會這樣呢？我的作品明明那麼有趣，每次寄出原稿時，都深信自己一定會得獎。不知為何，卻連初審都沒通過。

我能想到的原因是，負責預審的都是剛起步的作家，不然就是以成為作家為目標的文字工作者，當他們看到將來會成為競爭對手，威脅到自己的驚世才華，結果會怎麼樣呢？當然是在這階段便斬草除根。

他們會這麼想一點也不奇怪，倒也不難理解他們的心態。所以我才永遠無法通過這道關卡，不是嗎？

要是不能通過這道關卡，根本沒機會讓擔綱決審的大師級小說家們，以及編輯看到我的作品。

明明要是讓這些人看到，就能明瞭我的作品有多好。我到底該怎麼做，才能掙脫這個無限循環呢？

就在這時，三木明日香的事情傳進我耳裡——**史上最年輕的文學新人獎特別獎得主**。

瞬間，我懷疑自己聽錯。我也應徵了那個獎，一時蔚為話題的人應該是我才對，是不是搞錯什麼了？

我急忙奔向書店，買了公布得獎作品的那本文藝雜誌，上頭的確刊載著三木明日香的大頭照與作者介紹。沒錯，的確是我們班的三木明日香。

我一時失神。這就是所謂的青出於藍嗎？

她並不是我的徒弟，雖然不是徒弟，卻是我的學生。沒錯，是我每天教導的孩子，不是嗎？

我壓抑悸動的心，貪婪地看著她寫的東西。原來如此，寫得真不錯。

年僅十四歲的她，初試啼聲之作。這是她得獎的評語。

或許小說也有所謂新手的運氣，只是偶然寫出不錯的作品，然後偶然被編輯注意到了。沒錯，就是這個作者介紹：**十四歲的國二女孩**。

出版社也是商人，何況出版業界長期不景氣，怎麼可能不抓住如此新鮮、可以大肆炒作的話題。因為具有話題性，所以她才會脫穎而出吧。

要是沒有這門路，在這書市慘澹的時代，就算內容再怎麼優秀，好比我寫的東西，也搆不到獎吧；反之，要是女學生寫出我這樣的作品，八成都能得獎。這就是現實。

這時，我的腦中彷彿神明開示般閃過一個念頭：**一般晉級新人文學獎決審的創作者，都會有出版社的編輯負責接洽**。可想而知，得獎的三木應該也有負責與她接洽的編輯吧。

沒有理由不利用這機會。不是有句話嗎？急用時，能用則用。拜託自己的學生幫個忙，有什麼不對嗎？不，不會（反話）。

要想突破阻礙我的作家之路、稱為「預審」的這道障壁，只有這個方法。

於是，我趕緊叫三木明日香放學後來找我，將那些因為評審出於嫉妒而不幸落選的作品交給她。

這麼做當然是為了讓編輯過目，有機會看到我的作品。如果編輯不明白這些作品的好，這位編輯無疑是睜眼瞎子。

雖然三木起初有點傷腦筋的樣子，因為分量確實有點多，後來想想應該分二、三批給比較好，但她倒是爽快允諾。

感覺三木好像不是認真地想成為作家，因為她竟然連構思情節「plot」這詞都不知道，真叫人瞠目結舌。看來她之所以得獎，果然是生逢其時、新手的運氣吧。

好比賽跑，想著「**如果可以的話，真想拿第一**」的傢伙，絕對贏不了一心一意告訴自己「**絕對要拿第一**」的人。

她恐怕連一本關於小說寫作方法的書都沒讀過吧。

我上了八年的小說創作教室，現在也會盡量抽空參加單堂講座，並時常精進自己的文筆，充分了解創作小說是怎麼一回事。

無論是專業還是熱情都和三木截然不同，所以她只是運氣好而已。

我將原稿託付給三木之後，暫時鬆了一口氣，但就怕編輯看過後，進一步詢問：**「可以讓我看看最近寫的作品嗎？」**所以我又開始創作。

這種臨機應變能力，也是身為新人必須具備的要件之一。好不容易出道，要是沒有一定的安全存量便無以為繼，到此為止了。

三木大概沒什麼安全存量的觀念吧，只是暫時沐浴在鎂光燈下，有名無實罷了。我都能預見她曇花一現的模樣，可憐啊，但我也無法幫助她什麼。

三木啊，吃苦當吃補吧。寫作就是一場孤獨的格鬥，只能獨自奮戰。

＊＊＊

那天晚上接到久未聯絡，在小說創作教室認識的藤村打來的電話。

藤村比我小兩歲，今年三十七歲，一樣也是單身。他一邊在補習班擔任講師，一邊創作題材沈重的純文學，沒想到他任教的科目居然是化學。

每次我喊他「FUZIMURA」（藤村），他就會說：「叫我TOUSON」（藤村）。」因為他的筆名是「藤村藤村」（FUZIMURA TOUSON）。還補充說明：「藤村的斜上方要加個小小的2，和『今今』是一樣的規則。」他看我一臉不解地偏著頭，便在紙上寫了「kyon2」，一臉不悅地說：「就是小泉今日子啊！你不曉得嗎？虧你年紀比我大。」我才想問你怎麼連這都知道。

總之，藤村是個讓人摸不清他到底有幾分認真，幾分抱著玩笑心態的傢伙。但他寫的東西都很厚重，毫不留情地刨出人類的內心世界。

雖然他的作品曾經晉級複賽，卻只有這麼一部作品。問他為何只寫了這麼一部作品，他說除非從自己的內心自然湧現什麼，不然他不會動筆。聽說他半年來只寫了十張稿紙，現在也處於停筆的狀態。

「……你知道阿部雅宏這位作家嗎？」

我們互相報告近況後，他問我。

「阿部雅宏……是那個阿部雅宏嗎？寫什麼『向日葵商店街』系列的嗎？」

「是啊，你知道得可真清楚啊！」

什麼知道不知道，阿部雅宏可是我很喜歡的作家，應該說是以此為標竿的作家。

他的出道作是兒童文學，之後才轉為一般文學。他的家族小說溫暖又別具深意，深受廣大年齡層喜愛，也有不少作品翻拍成日劇。記得我們年齡相仿。

「阿部雅宏怎麼了嗎？」

「他是我頂頭上司堂哥的兒子呢！六月人事異動時，他調到我們補習班，知道我寫小說後，主動提起阿部雅宏是他親戚的兒子，還說阿部為了取材會造訪我們補習班，可以介紹我們認識。」

「真的假的？」

我不由得迸出學生常掛在嘴邊的一句話。雖然身為國文老師必須注意自己的措辭，但我還來不及思考便脫口而出。

真是可遇不可求的大好機會，居然可以和目前十分活躍的專業小說家搭上線，更何況這裡是如此偏僻的鄉下地方。

「我想和他見面！好想和他見面！」

「那就請我的上司安排一下囉。」

藤村也感受到我的興奮，也開心地回應。

我看向書櫃，有好幾本阿部雅宏的著作，打算要拿給他簽名，也想請教他許多事。對了，還要帶上我的作品，也許可以請他不吝賜教。

不，說不定事情會變成這樣：「寫得真好，一點也不像素人的創作啊！真是不敢相信這樣的才華一直被埋沒。這和刊載在文藝雜誌上的作品相比，一點也不遜色呢！我要拿去給總編輯過。」

或許會招來這樣的好運。比起三木明日香，這個靠山可是大多了。

感覺自己要走運了，離文壇愈來愈近，而且是主動向我招手。

沒錯，我肯定能成為作家。我的命運本來就該如此，這就稱為宿命。

幾天後，確定要和阿部雅宏餐敘。

藤村還找了幾位一起上小說教室的夥伴，一位是退休後才開始創作的吉田先生，以及寫奇幻小說的粉領族竹川小姐，地點就約在縣內最大車站附近的一間洋風居酒屋。一切都是由藤村安排，沒想到感覺有點邊緣人性格的藤村竟然能張羅這種事。

藤村知道我是阿部雅宏的粉絲，很自然地安排我坐他旁邊。我在雜誌採訪上看過阿部雅宏的近照，但他本人看起來更年輕，是那種好像剛洗完澡，一臉神清氣爽的好青年。

簡單自我介紹後，宴席開始，不久便自然而然變成阿部雅宏的座談會。

您一天大概能寫多少字呢？

您覺得成為作家後，最棒的事是什麼？

也會拖稿嗎？

遇到瓶頸時，如何轉換心情？

他慎重回答問題的樣子，讓人感受到他的真誠。

「我已經投稿了二十年左右，卻始終沒能晉級決審。如何才能得獎、出道呢？」

輪到我時，我試著提出這問題。

「二十年嗎？好有毅力啊！其實得獎這種事也是要看運氣。不過，能夠持續創作二十年，光是這樣的熱情就是最好的題材了。創作意圖從未中斷，我覺得真的很了不起。」

我知道自己開心地脹紅了臉。

「謝謝，我是老師的鐵粉。老師真的是人如其書啊！好感動。就像《向日葵商店街》裡頭那間愛麗斯喫茶店的老闆，是個溫柔暖男。」

「沒啦！沒這回事。我一點也不是這種人，純粹是因為想變成這樣的人而寫的。」

阿部雅宏露出沈穩笑容，微偏著頭。

「咦？是……是這樣嗎？」

我疑惑地說著，並趁這時機想請阿部雅宏簽名，他也爽快答應。在此同時，我拿出裝著原稿的紙袋，他臉上的笑容瞬間消失，一臉困惑。

「呃，這是我寫的東西。」

「啊啊……這是你的作品啊！呃，這個，我要怎麼處理比較好呢？」

「您有空的時候，看一下就行了。」

其實很想請他當場翻閱，但現在這情形不可能。

「啊啊，原來如此。了解，那我先收下來。」

雖然他的回應有點敷衍，但還是順利交到他手上。可以說，今天的目標幾乎已經達成了，再來就是等他的聯絡了。

阿部雅宏將原稿擺在一旁，看向我。

「我深深覺得啊，個性好的人不適合當作家。個性好又率直的人是寫不出小說的，至少寫不出那種讓人嘆服的作品吧。能夠寫出優秀小說的人，其實人格很扭曲，不然寫不到人心最裡面、最深層的東西。要是沒有冷徹又帶著惡意的視線，根本無法觀察『人』這個生物。就像漱石也有為人詬病的地方，總之，作家大抵都是這樣吧。漱石自己都這麼說了，肯定錯不了。因為十分清楚、了解自己的個性有多麼惡質、卑劣、醜陋，所以才能明白什麼是真正美麗、溫柔、坦率又純粹的東西，因此被吸引、憧憬不已，也才寫得出這些東西。如果你的小說一直不被認同的話，表示你的個性一定很好吧。」

「嗯……」

這是在讚美我嗎？實在不明白的我只能敷衍回應。

縱使如此，能和專業作家直接交流，還是讓我受益良多，也受到莫大的刺激。

翌日星期天，又鼓足幹勁的我正坐在電腦前準備寫東西時，感覺門外好像有人。週日午後這時間會登門造訪的，不是勸人信教，就是推銷報紙之類，讓人覺得「還是不要應門」的傢伙。

就在我決定裝作沒看到時，廚房的毛玻璃映著人頭的影子，反覆地從窗子的一端移動到另一端，過了一會兒傳來遠去的腳步聲。

我打開廚房小窗偷瞄，瞥見一位少女的背影，她鑽進停在公寓前面的車子裡。原來是三木明日香。

車子駛離後，我開門一瞧，門口放著一個眼熟的大紙袋，裡頭裝著我的原稿，門上信箱還夾著像是信的東西。原來是秀文社編輯寫的紙條。

原來如此。怎麼說呢？編輯果然優秀，簡潔的內容裡寫了中肯的建議。

真不虧是編輯，一眼就識破我的作品本質。如她所言，比起秀文社，我的作品確實比較適合光英書房。

不過，眼睜睜地將這等才華拱手讓給競爭對手，該說她心胸寬大，還是為了整體出版界的將來著想呢？

這張紙條更加刺激我的創作意欲，促使我振筆疾書。

＊＊＊

之後過了好幾個月，沒有收到任何來自阿部雅宏的訊息。

我信心滿滿地參加光英書房新人文學獎，也在第一關就被刷下來，明明是我到目前為止最滿意的作品。

聽藤村說，阿部雅宏後來私下聯絡那天一起吃飯、寫奇幻小說的竹川小姐，還約好在東京碰面。

「這什麼意思啊？」

我生氣地說。

「我也不知道，沒想到事情會變成這樣。我是對她有意思，才想說那天也約她一起來的。」

藤村的口氣很激動。原來如此啊……

「所以他是看上她的才華，要看看她的作品？還是想和她交往？」

「我哪知啊！算了，無所謂了。」

也許兩種可能性都有吧，我怔怔地想。

不久，聽聞三木明日香要出書。心裡著實不太好受，有種一切都離我遠去的感覺，一股強烈的孤獨感縛束著我的身和心，有好一段時間我都沒辦法面對電腦。

想說已經來到身旁的文壇，這下子又去了遙遠的彼方，如今有如罌粟種子般微小。

也許一切都是我的幻想吧。沒有人喜愛我，無論是文壇女神、學生，還是爸媽。

我是別人眼中的認真乖孩子。既然不讀書、不寫功課的結果就是挨罵，不如一開始就做好，爭吵只會浪費時間和心力。既然討厭因為考不好而忐忑不安、心情低落、情緒煩躁的話，那就好好讀書吧。讀書的不安感，只能靠讀書一途解決；這麼一來，不但爸媽開心，也能讓老師和同學刮目相看，可說只有好處沒有壞處。

但不知為何，感覺爸媽比較關愛討厭讀書、堪稱麻煩製造機的弟弟。雖然弟弟有很多缺點，但愛撒嬌、惹人憐愛的個性卻彌補他的不足。這是與生俱來的、我努力一輩子也無法得到的東西，弟弟卻不費吹灰之力地擁有。

我從小和爸媽說話時，就會有點緊張。明明是自己的父母，卻無法將自己心裡想的傳達給他們知道，我們之間總是隔著像是薄膜的東西，無法真心溝通的親子關係。

我知道別人對我刻意保持距離，不只爸媽，周遭人也是，不知道為何如此。但我想，可能是我的體內有著什麼讓人刻意保持距離的因子吧。

只有書，願意接近這樣的我。各式各樣人物的各種故事傳送到我心中，拯救這般沒人能夠理解的寂寞。

總有一天，我也能成為寫故事的人吧。我自然而然地這麼想。

然而，只有被文學之神寵愛的人才做得到。

只要我還不認為自己怎麼做都不可能成功的話，一切就還沒結束。

但我現在察覺到一件事。那就是就算一直跳舞，要是沒半個觀眾，充其量只是準備階段而已。而我的準備階段太久了，布幕始終沒有開啟，我已經累了。

一切是那麼空虛，要是因為空虛而死，一切就能告一段落吧。

這樣還比較好，大概沒有人會幫我收屍，其實沒有也無所謂。但想當然爾，不可能因為空虛而死，日子還是得繼續過下去，一如昨日的今日。

只是我不再執筆，這樣就不會造成別人的困擾，這世界也沒有任何改變。

放學後，我在批改小考考卷，值日生中原送班級日誌來教職員辦公室。

「喔喔，辛苦了。」

我在日誌上蓋章，交還給他。

「老師也寫小說，是吧？」

中原突然這麼問。

「是啊，你聽誰說的？」

「明日香，啊，是三木同學。老師現在還有寫嗎？」

「沒有，現在我在忙學校的事，最近有很多活動要忙。」

微微的心虛感漸漸滲入內心。

「是喔。那老師如果有寫的話，請讓我拜讀。」

「咦？你想看？」

「是的，很期待喔。」

中原微笑地說，行禮後步出教職員辦公室。

請讓我拜讀，很期待。和遙遠過往的那個身影重疊，那孩子也對我說過。

那時小學三年級的我第一次寫故事，寫的是地底人的故事——因為環境遭到破壞，無法再居住在地上的人們只好遷居到地底生活。

只有坐在我旁邊的女生看過寫在筆記本上的這個故事。她叫橋本愛理，是個膚色白皙，有酒窩的女孩。

好有趣，我還想看，好期待喔。橋本同學雙眼閃閃發亮地說。

於是為了她，為了這個唯一的讀者，我不停地寫。

我想看到橋本同學的笑容，我想讓她開心，我想聽她說好有趣。

自己寫的故事能讓人讀得開心，真的好高興。

我想用我寫的故事讓她更開心，想震撼她的心。

沒錯，我喜歡寫小說，我想成為小說家。

要是想成為小說家，就得寫小說，不是嗎？

我打開手邊的筆記本，握著鉛筆。

這觸感……

筆芯發著沈鈍光芒，橡皮擦屑、帶點黃色的筆記本紙張、教室的喧鬧聲。

對了，那些日子……

放學後，那通知放學時間到了，帶著哀愁的旋律。

走廊上拖得長長的影子，落至山嶺另一頭的偌大夕陽。

再見，明天見……

我開始寫第一行，這是隔了幾十年之久的手寫小說。

（全書完）

14歲，明日的課表

作　　者　鈴木露莉佳 Rurika Suzuki
譯　　者　楊明綺 Michey

責任編輯　許世璇 Kylie Hsu
責任行銷　朱韻淑 Vina Ju
封面設計　許晉維 Jin Wei Hsu
版面構成　譚思敏 Emma Tan
校　　對　葉怡慧 Carol Yeh

發 行 人　林隆奮 Frank Lin
社　　長　蘇國林 Green Su

總 編 輯　葉怡慧 Carol Yeh
日文主編　許世璇 Kylie Hsu
行銷主任　朱韻淑 Vina Ju
業務處長　吳宗庭 Tim Wu
業務主任　蘇倍生 Benson Su
業務專員　鍾依娟 Irina Chung
業務秘書　陳曉琪 Angel Chen
　　　　　莊皓雯 Gia Chuang

發行公司　悅知文化 精誠資訊股份有限公司
　　　　　105台北市松山區復興北路99號12樓
訂購專線　(02) 2719-8811
訂購傳真　(02) 2719-7980
專屬網址　http：//www.delightpress.com.tw
悅知客服　cs@delightpress.com.tw
ISBN：978-626-7288-56-6
建議售價　新台幣360元
二版一刷　2023年08月

國家圖書館出版品預行編目資料

14歲，明日的課表 / 鈴木露莉佳 著；楊明綺譯. -- 二版. -- 臺北市：悅知文化精誠資訊股份有限公司, 2023.08
　面；　公分
ISBN 978-626-7288-56-6（平裝）
861.57　　　　112010256

建議分類｜文學小說・翻譯文學